www.ingramcontent.com/pod-product-compliance
Lightning Source LLC
LaVergne TN
LVHW010332070526
838199LV00065B/5727
9789358721607

پولیس والا

(بچوں کا ناول)

مختار احمد

© Taemeer Publications LLC

Police wala *(Kids Novel)*
by: Mukhtar Ahmad
Edition: September '2024
Publisher :
Taemeer Publications LLC (Michigan, USA / Hyderabad, India)

ISBN 978-93-5872-160-7

مصنف یاناشر کی پیشگی اجازت کے بغیر اس کتاب کا کوئی بھی حصہ کسی بھی شکل میں بشمول ویب سائٹ پر اَپ لوڈنگ کے لیے استعمال نہ کیا جائے۔ نیز اس کتاب پر کسی بھی قسم کے تنازع کو نمٹانے کا اختیار صرف حیدرآباد (تلنگانہ) کی عدلیہ کو ہو گا۔

© تعمیر پبلی کیشنز

کتاب	:	**پولیس والا** (بچوں کا ناول)
مصنف	:	**مختار احمد**
صنف	:	ادب اطفال
ناشر	:	تعمیر پبلی کیشنز (حیدرآباد، انڈیا)
سالِ اشاعت	:	۲۰۲۴ء
صفحات	:	۱۵۲
سرورق ڈیزائن	:	تعمیر ویب ڈیزائن

فہرستِ ابواب

(۱)	شرافت بھائی	4
(۲)	تلاش	16
(۳)	مہنگا گھونسہ	33
(۴)	مفرور قیدی	48
(۵)	بہادر سپاہی	67
(۶)	ایک لاکھ کا انعام	77
(۷)	آزمائش کی گھڑی	89
(۸)	پہرے داری	96
(۹)	شہاب کی گمشدگی	113
(۱۰)	پکڑے گئے	123
(۱۱)	چور	132
(۱۲)	شہاب کا کارنامہ	139

شرافت بھائی

میں اس وقت اپنے گھر کی اوپری منزل میں اپنے کمرے میں بیٹھا اپنا اسکول کا کام کر رہا تھا کہ اچانک کسی نے دروازہ کھٹکھٹایا۔ امی باورچی خانے میں تھیں اور رات کے کھانے کی تیاری کر رہی تھیں۔ شرافت بھائی اپنے دوستوں سے ملنے کے لیے گئے ہوئے تھے۔ اس لیے دروازہ کھولنے کے لیے مجھے ہی جانا پڑا۔

میں اتر کر نیچے آیا تو امی جان باورچی خانے سے جھانک

کر مجھے دیکھنے لگیں۔

"دیکھنا بیٹا کون ہے"۔ انہوں نے کہا۔ "دروازہ کھولنے سے پہلے نام ضرور پوچھ لینا"۔

میں سر ہلا کر آگے بڑھ گیا۔ امی بہت احتیاط پسند تھیں۔ چونکہ ہمارے قصبے میں آئے دن چوری وغیرہ کی وارداتیں ہوتی رہتی تھیں اس لیے ہم لوگ سر شام ہی دروازے بند کرلیتے تھے۔ یہ احتیاط اس لیے بھی کی جاتی تھی کہ ہمارے ابا نوکری کے سلسلے میں اکثر و بیشتر گھر سے باہر ہی رہتے تھے۔

وہ ریلوے کے محکمے میں ڈرائیور تھے۔ انھیں یہ نوکری کرتے ہوئے پچیس سال ہونے کو آئے تھے اور تھوڑے عرصے بعد انھیں ریٹائر ہو جانا تھا۔ ملک کے مشرقی حصّے کے جنگلات سے لکڑیاں مال گاڑی میں بھر کر وہ اندرون ملک پہنچاتے تھے۔ اس سفر میں مہینہ کے تقریباً بیس پچیس دن صرف ہو جاتے تھے اور وہ بمشکل ایک ہفتہ کے لیے گھر آتے

تھے۔ گھر سے دوری انھیں بھی نہ بھاتی تھی مگر ملازمت پھر ملازمت ہوتی ہے۔ وہ اکثر کہتے تھے کہ کاش میں پڑھ لکھ گیا ہوتا تو اتنی مصیبتیں کیوں اٹھاتا۔ بچپن میں کی گئی آوارہ گردی اور عیش و آرام بعد میں عمر بھر کا روگ بن جاتا ہے۔

وہ اکثر مجھے اور شرافت بھائی کو دل لگا کر پڑھنے لکھنے کی تلقین کرتے رہتے تھے۔ شرافت بھائی مجھ سے دو سال بڑے تھے۔ گزشتہ دنوں انہوں نے میٹرک کا امتحان دیا تھا اور حسب توقع دس پرچوں میں فیل ہو گئے تھے۔ وہ دس پرچوں میں اس لیے فیل ہوئے تھے کہ دیئے گئے پرچوں کی کل تعداد ہی یہ تھی۔

شرافت بھائی کو پڑھنے لکھنے سے زیادہ دلچسپی نہ تھی۔ وہ اور ان کے دوست دن بھر ادھر ادھر گھوم پھر کر وقت ضائع کرتے تھے۔ ان کی اس بے راہ روی پر مجھے افسوس تو ہوتا تھا مگر چونکہ میں ان سے چھوٹا تھا اس لیے کچھ کہہ بھی نہیں سکتا تھا۔ ویسے بھی چھوٹے اگر بڑوں کو نصیحتیں کریں تو عجیب سا لگتا ہے۔

اباجان کی شدید خواہش تھی کہ شرافت بھائی میٹرک پاس کرلیں تاکہ وہ ریٹائر ہونے سے پہلے ہی انھیں ریلوے کے محکمے میں کلرک وغیرہ بھرتی کروادیں۔ مجھے احساس تھا کہ گھر آنے پر جب اباجان کو ان کے فیل ہونے کا پتہ چلے گا تو وہ بہت رنجیدہ ہو جائیں گے۔

جب میں نے دروازے کی کنڈی کھول دی تو مجھے امی کی نصیحت یاد آئی کہ دروازہ کھولنے سے پہلے نام پوچھ لینا۔ مگر اب کیا ہو سکتا تھا۔ کنڈی تو میں کھول ہی چکا تھا۔ میرا خیال تھا کہ یہ شرافت بھائی ہوں گے مگر جب میں نے دروازہ کھولا تو اباجان کی ہنستی مسکراتی شکل نظر آئی۔

انھیں دیکھ کر میں حیرت اور مسرت سے اچھل پڑا اور ان سے لپٹ گیا۔ انہوں نے پیار سے میرا سر سہلایا۔ لکھتے لکھتے میں قلم ہاتھ میں ہی لے کر اٹھ گیا تھا۔ اباجان نے میرے ہاتھ میں تھامے ہوئے قلم پر ایک نظر ڈالی اور بولے۔ "اچھا تو ہمارا شوکت پڑھ رہا تھا"۔

میں نے سر ہلا کر اندر کی طرف گردن گھمائی اور زور سے چیخا۔ "امی ابا جان آئے ہیں"۔

امی باورچی خانے سے دوپٹے کے پلّو سے ہاتھ پونچھتی ہوئی نکلیں۔

ابا جان نے مسکرا کر کہا۔ "واہ بھئی واہ۔ کھانے تو تم ایسے مزیدار پکاتی ہو کہ دور دور تک خوشبو جاتی ہے۔ میں گھر میں داخل ہوا ہی تھا کہ فضا میں پھیلی خوشبو سونگھ کر فوراً سمجھ گیا کہ آج تم مرغی پکا رہی ہو"۔

"مگر ابا جان مرغی تو حامد لوگوں کے ہاں پک رہی ہے"۔ میں نے جلدی سے کہا۔ "اس کی امی دوپہر کو شرافت بھائی سے اسے ذبح کروا کر لے گئی تھیں"۔

"اچھا اچھا"۔ ابا جان ہنس کر بولے۔ پھر وہ اندر آ گئے۔ "شرافت نظر نہیں آ رہا، کہاں ہے وہ؟"

"ابھی نکلا تھا۔ شاید اپنے دوستوں کے پاس گیا ہو گا"۔ امی نے جواب دیا۔

"ابا جان آپ کا تو کل ہی خط آیا تھا مگر اس میں تو کہیں نہیں لکھا تھا کہ آپ گھر آ رہے ہیں"۔

ابا جان کرسی پر بیٹھتے ہوئے بولے۔ "گھر آنے کا میرا پروگرام تو نہیں تھا مگر پھر میرا گھر آنے کو دل چاہنے لگا۔ مال گاڑی میں لکڑیاں تقریباً تین دن میں بھری جاتی ہیں۔ میں نے سوچا میرے تین دن یونہی آرام کرتے گزر جائیں گے اس لیے کیوں نہ گھر کا ہی ایک چکّر لگا لوں"۔

"آپ آرام سے بیٹھئے، میں آپ کے لیے گرم گرم چائے بنا کر لاتی ہوں"۔ امی بولیں اور باورچی خانے میں چلی گئیں۔

میں ابا جان کے جوتوں کے تسمے کھولنے لگا۔ انہوں نے اپنا کوٹ اتار کر ایک طرف ڈال دیا۔ پھر انہوں نے ایک نظر اپنی کلائی کی گھڑی پر ڈالی اور بولے۔ "سات بج رہے ہیں۔ شرافت آئے گا تو میں اسے سمجھاؤں گا کہ وہ شام کو گھر سے باہر نہ رہا کرے"۔

میں سمجھ گیا تھا کہ شرافت بھائی کی گھر سے غیر حاضری نے ابّا جان کو غصہ دلا دیا ہے۔ میں خاموش رہا۔

"شرافت کا رزلٹ تو نکل آیا ہو گا"۔ اچانک انہوں نے پوچھا۔

"جی"۔ میں نے آہستہ سے کہا۔

ابّا جان غور سے مجھے دیکھنے لگے۔ ان کی آنکھوں میں یقینی اور بے یقینی کی کیفیت تھی۔ میرا دل دھڑکنے لگا۔ مجھے پتہ تھا کہ اب ان کا اگلا سوال کیا ہو گا۔ مجھے اس بات کا اچھی طرح اندازہ تھا کہ شرافت بھائی کی ناکامی سے انھیں بہت صدمہ پہنچے گا۔ وہ اتنی دور سے آئے تھے۔ نہ آرام کیا تھا نہ کچھ کھایا پیا تھا۔ اتنی بری خبر سن کر ان کی بھوک بھی مر جاتی۔ انہوں نے شرافت بھائی سے بہت ساری امیدیں وابستہ کر رکھی تھیں۔ پھر اچانک ہی امی جان کی آواز نے مجھے اس مشکل سے نجات دلا دی۔ وہ مجھے آواز دے رہی تھیں۔

"آیا امی" کہہ کر میں جلدی سے ابّا جان کے پاس سے

اٹھ گیا۔ باورچی خانے میں پہنچا تو امی بولیں۔ "شوکت بیٹے چائے کی پتّی کم پڑ رہی ہے۔ ذرا بھاگ کر بازار سے تو لے آؤ۔ یہ لو پیسے"۔

میں ان سے پیسے لے کر گھر سے باہر نکلا۔ سردیوں کی وجہ سے دن چھوٹے ہو گئے تھے۔ اس لیے سورج جلدی غروب ہو جاتا تھا۔ حالانکہ ابھی سات ہی بجے تھے مگر چاروں طرف سیاہی چھانے لگی تھی۔ گھر سے نکل کر میں چند قدم کا فاصلہ ہی طے کر سکا ہوں گا کہ شرافت بھائی مجھے سامنے سے آتے ہوئے دکھائی دیے۔

انہوں نے بھی مجھے دیکھ لیا تھا۔ مجھے دیکھ کر وہ رک گئے۔ "کہاں جا رہا ہے؟" انہوں نے کڑک کر پوچھا۔ "تجھے پتہ نہیں ہے کہ ابّا جان نے خط میں کیا لکھا تھا کہ مغرب کے بعد گھر سے باہر قدم بھی نہیں رکھنا"۔

ان کے لہجے پر مجھے غصّہ تو بہت آیا مگر میں نے اسے ضبط کرتے ہوئے کہا۔ "آپ کہاں گئے تھے؟

"بدتمیز"۔وہ دھاڑے۔"بڑے بھائی کے سامنے زبان چلاتا ہے۔تجھے اتنی ہمت کیسے ہوئی یہ سوال کرنے کی"۔
پھر انہوں نے میرا بازو پکڑ کر گھر کی جانب گھسیٹتے ہوئے کہا۔"ذرا گھر چل،امی سے کہوں گا کہ یہ کیسا بدتمیز ہو گیا ہے۔وہ ہی تجھے ٹھیک کریں گی۔ تیرا کیا ہے اگر میں نے ایک آدھ ہاتھ جھاڑ دیا تو تو مجھ پر ہی ہاتھ اٹھالے گا"۔
"شرافت بھائی"۔ میں نے خود کو ان کی گرفت سے چھڑانے کی کوشش کرتے ہوئے کہا۔"میری یہ جرأت کہاں کہ آپ سے کسی قسم کے سوال جواب کر سکوں۔وہ تو ابا جان پوچھ رہے تھے کہ شرافت کہاں ہے ورنہ مجھے کیا ضرورت پڑی تھی کہ آپ سے یہ سوال کرتا"
شرافت بھائی کی گرفت میرے بازو پر کمزور پڑ گئی۔چہرے سے تندہی کے آثار غائب ہو گئے۔گلا صاف کرکے انہوں نے ڈھیلی سی آواز میں کہا۔"یہ تو کیا کہہ رہا ہے۔ابا جان کب آئے تھے؟"

"ابھی تھوڑی دیر پہلے"۔ میں نے جواب دیا۔ چائے کی پتّی کم پڑگئی تھی میں وہ ہی لینے جارہا تھا"۔

"میرا کچھ پوچھ رہے تھے؟" شرافت بھائی نے چور چور سے انداز میں پوچھا۔

"تذکرہ تو نکل آیا تھا مگر پھر مجھے امی جان نے آواز دے لی"۔ میں نے حقیقت بتادی۔

شرافت بھائی کا چہرہ اتر سا گیا تھا۔ "چل میں بھی تیرے ساتھ چلتا ہوں"۔ انہوں نے کہا۔ ہم دونوں بازار کی طرف چل دیے۔ چائے کی پتّی کا ڈبہ خرید کر جب میں واپس ہونے لگا تو شرافت بھائی نے مجھے روک لیا۔

"شوکت"۔ انہوں نے اتنے نرم لہجے میں کہا کہ مجھے حیرت ہونے لگی۔ وہ تو مجھے اپنا پکّا دشمن سمجھتے تھے۔ بات بے بات بری طرح جھڑکتے رہتے تھے۔ اب جو اس طرح بولے تو مجھے بڑا عجیب سا لگا۔

"شوکت"۔ انہوں نے پھر کہا۔ "مجھ میں اتنی ہمت

نہیں ہے کہ میں ابا جان کا سامنا کر سکوں۔ تو میرا ایک چھوٹا سا کام کر دے۔ میرے کمرے میں پلنگ کے نیچے سیاہ رنگ کا ایک بیگ رکھا ہو گا۔ تو وہ چپکے سے لا کر مجھے دے دے۔ وہ بیگ میں نے اسی دن کے لیے رکھا تھا"۔

ان کی بات سن کر میرے کان کھڑے ہو گئے۔ "تو۔ تو۔ کیا آپ گھر نہیں چلیں گے؟" میں نے ہکلا کر پوچھا۔

انہوں نے کوئی جواب تو نہیں دیا مگر ان کی خاموشی نے ان کے اس ارادے کی نشاندہی کر دی تھی۔

"شرافت بھائی"۔ میں نے گھبرا کر کہا۔ "آپ کو اس طرح کی کوئی بات نہیں سوچنا چاہیئے۔ آپ گھر سے نکل کر کہاں جائیں گے؟"

"میں نے تجھ سے کہہ دیا ہے کہ میں ابا جان کا سامنا نہیں کر سکتا۔ میں نے بہت پہلے ہی فیصلہ کر لیا تھا کہ اگر میٹرک میں فیل ہو گیا تو گھر میں نہیں رہوں گا۔ اس کے لیے میں نے پہلے ہی سے تمام تیاریاں مکمل کر لی تھیں۔ ابا جان

لاتعداد مرتبہ مجھ سے کہہ چکے تھے کہ دسویں پاس کرنے کے بعد وہ مجھے ریلوے میں بھرتی کروادیں گے۔ میری ناکامی کا سن کر انھیں یقیناً بہت مایوسی ہوگی۔ یہ ہی وجہ ہے کہ میں ان کے سامنے نہیں جاسکتا۔ میں بہت شرمندہ ہوں"۔

"لیکن آپ اگلے سال پھر کوشش تو کرسکتے ہیں"۔ میں نے انھیں سمجھانا چاہا۔

"تو کیا سمجھتا ہے میں صرف اسی لیے رہ گیا ہوں کہ زندگی بھر امتحان ہی دیتا رہوں۔ تو آخر مجھ سے بحث کیوں کیے جارہا ہے"۔ میں کچھ سوچنے لگا تو وہ بولے۔ "جا شاباش۔ میں یہیں کھڑا ہوں تو دوڑ کر میرا بیگ مجھے لا کر دے دے"۔

میں خاموشی سے وہاں سے چل پڑا۔ شرافت بھائی کے اس ارادے نے مجھے بہت پریشان کردیا تھا۔ میں نے سوچ لیا تھا کہ گھر جا کر مجھے کیا کرنا ہے۔

تلاش

میں گھر میں داخل ہوا تو فضا سوگوار سی معلوم ہوئی۔ چاروں طرف عجیب سا سناٹا مسلط تھا۔ ابا جان باورچی خانے میں ایک پیڑھی پر بیٹھے تھے۔ ان کا سر جھکا ہوا تھا۔ امی جان کے چہرے پر بھی اداسی چھائی ہوئی تھی۔ میرے قدموں کی آہٹ سن اکر ابا جان نے سر اٹھا کر مجھے دیکھا۔ ان کا چہرہ دیکھ کر میرا دل کانپ اٹھا۔ ان کی آنکھوں میں ایک عجیب سی ویرانی تھی

اور چہرے کی جھرّیوں میں کچھ اور اضافہ ہو گیا تھا۔ میں سمجھ گیا کہ امی نے انھیں شرافت بھائی کے فیل ہونے کے متعلق بتا دیا ہے۔

"شوکت کی ماں"۔ اباجان نے کہا۔ "باپ بوڑھا ہو جائے تو اپنی اولاد کے خوشگوار مستقبل کے متعلق سوچ کر خوش ہوتا ہے۔ تم ہی بتاؤ میں کس طرح خوش ہوں۔ شرافت کے متعلق میں سوچ بھی نہیں سکتا تھا کہ وہ میری تمام امیدوں پر پانی پھیر دے گا۔ اس کی ملازمت کے سلسلے میں میں اپنے افسروں سے بھی بات کر چکا تھا اور انہوں وعدہ کر لیا تھا کہ وہ اس کے میٹرک پاس کرتے ہی اسے بھرتی کر لیں گے۔ اب وہ پوچھیں گے تو میں انھیں کیا جواب دوں گا۔ یہ بات میری شرمندگی کا باعث نہیں بنے گی کہ میرا لڑکا اتنا نالائق ہے کہ میٹرک بھی پاس نہ کر سکا"۔

"آپ ہی بتائیں میں کیا کروں؟"۔ امی نے بے بسی سے کہا۔ "میں تو اسے ہر وقت کہتی رہتی تھی کہ پڑھنے بیٹھ جا

مگر وہ میری سنتا ہی کہاں تھا۔ بچے باپ سے ڈرتے ہیں۔ ماؤں کو تو خاطر میں ہی نہیں لاتے"۔

میں نے چائے کی پتّی کا ڈبہ امی کو دے دیا اور دھیرے سے کہا۔ "ابا جان۔ ابھی مجھے شرافت بھائی ملے تھے۔ وہ گھر آتے ہوئے ڈر رہے ہیں، کہہ رہے تھے کہ شوکت میرا بیگ میرے کمرے سے لا دے۔ میں اب گھر نہیں جاؤں گا"۔

میری بات امی اور ابا کے لیے ایک دھماکے سے کم نہ تھی۔ امی کا چہرہ فق ہو گیا تھا۔ ابا جان گھبرا کر اٹھ کھڑے ہوئے۔ وہ ایک شفیق باپ تھے۔ اس خبر سے انھیں شدید دھچکا پہنچا تھا۔ "شرافت کہاں ہے؟ کدھر ہے وہ؟"

وہ ایک جگہ کھڑے میرا انتظار کر رہے ہیں"۔ میں نے جواب دیا۔ "مارکیٹ کے قریب جو ڈاکخانہ ہے اس کے پاس"۔

"خدا کے لیے آپ جا کر اسے لے آیئے"۔ امی نے کہا۔ "میرا بچّہ نہ جانے کہاں کہاں مارا مارا پھرے گا۔ بھاڑ میں گئی ایسی پڑھائی۔ آپ ریٹائر تو ہونے ہی والے ہیں۔ پنشن سے ملنے

والی رقم سے اسے کوئی کاروبار کروا دیجئے گا۔ دنیا میں اور بھی تو ہزاروں لوگ کاروبار کرتے ہیں"۔

"شوکت میرے ساتھ آؤ"۔ ابا جان نے باورچی خانے سے نکل کر کہا۔ "میں اسے سمجھاؤں گا"۔

مگر جب میں ابا جان کو لے کر اس جگہ پہنچا جہاں شرافت بھائی کو چھوڑ کر گیا تھا تو وہ وہاں موجود نہیں تھے۔ میں ٹھٹھک کر کھڑا ہو گیا۔

"کہاں ہے وہ؟" ابا جان نے چاروں طرف دیکھتے ہوئے کہا۔ میں بھی ادھر ادھر دیکھے لگا۔ "شاید انہوں نے دور سے ہمیں دیکھ لیا تھا۔ آپ کو میرے ساتھ آتا دیکھ کر وہ بھاگ گئے ہوں گے۔ اب وہ مجھ پر بھی ناراض ہوں گے"۔

میری بات سن کر ابا جان کی اداسی میں مزید اضافہ ہو گیا تھا۔ اس کے بعد ہم کافی دیر تک انھیں ادھر ادھر ڈھونڈتے رہے مگر ان کا کہیں پتہ نہ چل سکا۔ تھک ہار کر ہم نے گھر کا رخ کیا۔

"شرافت نہیں ملا؟" امی نے ہمیں دیکھ کر بڑی بے صبری سے پوچھا۔ ان کا چہرہ ستا سا گیا تھا۔

"وہ اس جگہ نہیں جہاں میں نے انھیں چھوڑا تھا"۔ میں نے کہا۔ امی کی آنکھوں سے بے اختیار آنسو جاری ہو گئے۔

"شوکت"۔ ابا جان نے تھکے تھکے انداز میں بستر پر گرتے ہوئے کہا۔ "شرافت کے کمرے سے اس کا وہ بیگ اٹھا لاؤ۔ شاید اس میں سے کوئی ایسی چیز نکل آئے جس سے پتہ چل سکے کہ وہ کہاں جانا چاہتا تھا"۔

میں فوراً ہی کمرے سے نکل گیا۔ تھوڑی دیر بعد جب میں واپس کمرے میں داخل ہوا تو میرے دونوں ہاتھ خالی تھے۔

"کیوں؟ کیا ہوا؟" ابّا جان نے چونک کر پوچھا۔

"شرافت بھائی کے کمرے میں ان کا وہ بیگ موجود نہیں ہے۔ جب ہم انھیں ڈھونڈ رہے تھے تو وہ ضرور چوری چھپے گھر میں آئے ہوں گے۔ وہ ہی اسے لے گئے ہوں گے"۔

میں نے جواب دیا۔

"یہ لڑکا یقیناً دیوانہ ہو گیا ہے"۔ ابا جان بستر سے اٹھتے ہوئے بولے۔ "میں اسے باہر دیکھنے جا رہا ہوں۔ ہو سکتا ہے وہ ابھی کہیں آس پاس ہی ہو"۔

ابا جان گھر سے باہر نکلے تو میں بھی ان کے پیچھے پیچھے تھا۔ ہم نے وہ ساری جگہیں چھان ماریں جہاں ان کے ملنے کے امکانات تھے مگر ہم کو مایوسی کا سامنا ہی کرنا پڑا۔ پھر جس وقت ہم گھر کی طرف آ رہے تھے تو ہمارے کانوں میں ریل گاڑی کے پہیوں کی گڑ گڑاہٹ کی آواز آئی۔ ابا جان چونک کر بولے۔ "ذرا اسٹیشن پر بھی دیکھ لیں ہو سکتا ہے وہ وہاں مل جائے"۔

ریلوے اسٹیشن وہاں سے زیادہ دور نہ تھا۔ تقریباً سات آٹھ منٹ کی مسافت ہو گی۔ پھر ہم دونوں کا رخ ریلوے اسٹیشن کی طرف ہو گیا۔ ابا جان تیز تیز قدموں سے چل رہے تھے۔ ان کا ساتھ دینے کے لیے مجھے تقریباً بھاگنا پڑ رہا تھا۔

"شوکت"۔ اچانک ابا جان مڑ کر مجھ سے بولے۔
"ابھی جس ریل گاڑی کی ہم نے آواز سنی تھی وہ محراب پور جانے والی نہ ہو۔ اگر ایسا ہوا تو شرافت اس میں سوار ہو گیا ہو گا"۔

میں چپ کا رہا۔ کہتا بھی کیا۔ اسٹیشن تھوڑے فاصلے پر رہ گیا تھا۔ بیچ میں سڑک تھی۔ شرافت بھائی کے متعلق سوچتے ہوئے ہم ادھر ادھر دیکھنا بھی بھول گئے۔ مگر جب کسی گاڑی کے بریک چرچرائے تو ہم بوکھلا کر اچھل پڑے۔ وہ ایک منی ٹرک تھا جو ہم سے چند قدم کے فاصلے پر رک گیا تھا۔ اس کے ڈرائیور نے اگر بروقت بریک نہ لگائے ہوتے تو میں اور ابا جان یقیناً کچلے جاتے۔

"ابے کیا اندھے ہو یا سڑک تمہارے باپ کی جاگیر ہے"۔ ٹرک میں سے کسی نے دھاڑ کر کہا۔ "سالوں کو سڑک پار کرنے کی بھی تمیز نہیں ہے"۔

اس منی ٹرک کی ہیڈ لائٹس سیدھی ہمارے چہروں پر پڑ رہی تھیں۔ یہ الفاظ سن کر میرا خون غصّے سے کھول اٹھا۔ میں لپک کر ڈرائیور کی کھڑکی کی طرف آیا۔ مگر اس سے پہلے کہ میرے ہاتھ کھڑکی سے اندر پہنچتے، ڈرائیور کی سیٹ پر بیٹھے ہوئے آدمی نے میرے منہ پر اس زور سے گھونسہ مارا کہ میری آنکھوں کے سامنے ستارے سے ناچ اٹھے۔ گھونسہ میری ناک پر پڑا تھا۔ میں الٹ کر سڑک پر گر گیا۔ اندر سے کسی کے ہنسنے کی آواز آئی اور منی ٹرک زن سے آگے بڑھ گیا۔ ابا جان جو سڑک کے وسط میں کھڑے تھے جلدی سے ایک طرف کو ہو گئے ورنہ اس سے ٹکرا کر ضرور زخمی ہو جاتے۔

جب منی ٹرک آگے نکل گیا تو ابا جان جھپٹ کر میری طرف بڑھے۔ "شوکت بیٹے تم ٹھیک تو ہو نا؟'

میں اٹھ کر بیٹھ گیا۔ میری ناک سے تیزی سے خون بہہ رہا تھا۔ اس کی ٹھنڈک میں اپنے سینے پر محسوس کر رہا تھا کیونکہ وہ میری قمیض میں جذب ہونے لگا تھا۔

"اف میرے خدا!"۔ ابّا جان بڑی رقّت سے بولے۔

"یہ بیٹھے بٹھائے اچانک کیا ہو گیا"۔ پھر انہوں نے سہارا دے کر مجھے اٹھایا۔ "چلو بیٹا اب گھر چلتے ہیں"۔ وہ بولے۔

"مگر ابّا جان وہ شرافت بھائی........"۔ میں نے کہنا چاہا۔

"اس کا نام اب میرے سامنے مت لو"۔ ابّا جان نے نہایت تلخی سے کہا۔ "اسے گھر میں کیسا عیش و آرام میسّر تھا۔ اسے دنیا دیکھ ہی لینے دو۔ اس نالائق کی وجہ سے ہی تو یہ حادثہ پیش آیا ہے"۔

"ابّا جان"۔ میں نے کہا۔ "وہ اسٹیشن پر ہی ہوں گے۔ میں بالکل ٹھیک ہوں۔ ہمیں انھیں ضرور تلاش کرنا چاہئیے"۔

ابّا جان کچھ سوچنے لگے۔ اچانک میرے کانوں میں ایک جانی پہچانی سی آواز آئی۔ "شوکت۔ ارے تایا جان۔ آپ لوگ یہاں کیا کر رہے ہیں؟"

میں نے دیکھا میرا چچا زاد بھائی شہاب اپنی سائیکل پر

بیٹھا ہمیں حیرت سے دیکھ رہا تھا۔

"ارے تم تو زخمی بھی ہو"۔ اس نے سڑک پر لگے ہوئے الیکٹرک پول کی روشنی میں میری ناک سے بہتا ہوا خون دیکھ لیا تھا۔

"شہاب۔ اچھا ہوا تم یہاں مل گئے"۔ اباجان بولے۔ "تم شوکت کو سائیکل پر بیٹھا کر گھر چھوڑ آؤ۔ میں ابھی آتا ہوں"۔

میں شہاب کے ساتھ سائیکل پر بیٹھ گیا۔ اباجان اسٹیشن کی طرف چلے گئے۔

"یار قصہ کیا ہے۔ یہ ناک سے نکلتا ہوا خون تایا جان کی ٹھکائی کے نتیجے میں تو نہیں بہہ رہا"۔ شہاب نے سائیکل کو آگے بڑھاتے ہوئے پوچھا۔

"اباجان نے مجھے آج آج تک ہاتھ بھی نہیں لگایا ہے"۔ میں نے فخریہ انداز میں بتایا۔ "یہ تو اس مردود ناظم کی کارستانی ہے"۔

دراصل میں نے اس منی ٹرک میں بیٹھے ہوئے ناظم اور نورے کو دیکھ لیا تھا۔ ان دونوں کو میں اچھی طرح جانتا تھا۔ ناظم اپنے منی ٹرک کو کرائے پر چلاتا تھا اور نورا ایک ریٹائرڈ میجر کی کوٹھی میں ملازم تھا۔ اس میجر کا نام مشتاق تھا اور اسے فوج سے ریٹائر ہوئے ایک عرصہ ہو گیا تھا۔ شہر کی ہنگامہ خیز زندگی سے اکتا کر اس نے ہمارے قصبے میں اپنی عالیشان کوٹھی تعمیر کروائی تھی اور اس میں اپنے دو ملازموں کے ساتھ رہائش پذیر تھا۔ بیوی کا انتقال ہو چکا تھا اور بچے بڑے بڑے ہو گئے ہے اور وہ تمام ایک قریبی شہر شاداب نگر میں رہتے تھے۔ یہ تمام معلومات مجھے رفتہ رفتہ معلوم ہوئی تھیں۔

شہاب کے استفسار پر میں نے اسے پوری روداد سنا دی۔ آخر میں میں نے کہا۔ "اس واقعہ کے بعد میں نے فیصلہ کر لیا ہے کہ ان سے ضرور بدلہ لوں گا"۔

میری طرح شہاب کو بھی اس بات پر بہت غصّہ آگیا تھا۔ گھر قریب آگیا تھا اس لیے وہ سائیکل کی رفتار آہستہ کرتے

ہوئے بولا۔ "انہوں نے واقعی بہت بری حرکت کی ہے۔ ہم ان سے ضرور اس کا بدلہ لیں گے"۔

سائیکل گھر کے دروازے کے سے سامنے رک گئی تھی۔ امی دروازے پر کھڑی مل گئیں۔

انہوں نے ہمیں دیکھتے ہی کہا۔ "کیا ہوا رے شوکت۔ شرافت ملا؟"۔ پھر وہ میرے خون آلود چہرے کو دیکھ کر سکتے میں آگئیں۔ "شوکت۔ شوکت یہ تجھے کیا ہوا؟' انہوں نے مجھے دروازے میں ہی جھنجھوڑ کر رکھ دیا۔

میں نے کہا۔ "کچھ نہیں امی۔ ایسے ہی بس چوٹ لگ گئی تھی۔ ابا جان شرافت بھائی کو اسٹیشن پر دیکھنے گئے ہیں"۔

"تم سب لوگ مجھے مار کر ہی چین لو گے۔ چل اندر چل۔ میں گرم پانی کر کے تیرا منہ دھلاؤں گی"۔

وہ مجھے اندر لے گئیں۔ پھر وہ تو پانی گرم کرنے چلی گئیں اور میں شہاب کے ساتھ باتیں کرنے لگا۔

شہاب میرا چچازاد بھائی تھا۔ اس کی عمر بھی پندرہ سولہ

سال کے لگ بھگ تھی۔ قصبے میں میری اس سے سب سے زیادہ دوستی تھی۔ شرافت بھائی کی یہ حرکت اسے بھی بری لگی۔ وہ بولا۔"میں تو پہلے ہی کہتا تھا کہ شرافت بھائی کے دوست ان کا بیڑہ غرق کر دیں گے۔ وہ لوگ نہ خود پڑھتے تھے اور نہ ہی انھیں پڑھنے دیتے تھے۔ شرافت بھائی فیل ہو کر واقعی تایا جان سے بہت شرمندہ ہوں گے اسی لیے تو انہوں نے گھر سے بھاگ جانے کو ترجیح دی ہے"۔

"مگر یہ بھی تو سوچو گھر سے بھاگ کر انہوں نے کون سا تیر مار لیا ہے۔ مفت کی بدنامی مول لی ہے۔ کل سارے قصبے میں اس بات کا چرچا ہو جائے گا کہ شفیق حسین کا لڑکا امتحان میں فیل ہونے کے سبب گھر سے بھاگ گیا ہے۔ ابا جان اس لیے بھی فکرمند ہو گئے ہیں کہ اگر وہ گھر واپس نہ آئے تو ان کی زندگی تباہ ہو جائے گی۔ اس بات کا تجربہ انھیں بھی ہے۔ وہ بھی پڑھائی سے دور بھاگتے تھے۔ اس کا یہ نتیجہ نکلا کہ زندگی گزارنے کے لیے انھیں ریلوے میں ڈرائیور کی ملازمت اختیار

کرنا پڑی حالانکہ ان کے دونوں چھوٹے بھائی یعنی تمھارے ابا اور چچا عتیق پڑھ لکھ کر اچھے عہدوں پر فائز ہو گئے ہیں"۔

"ساری بات احساس کی ہوتی ہے"۔ شہاب ایک طویل سانس لے کر بولا۔ "اگر پڑھنے لکھنے والے لڑکے آئندہ کے حالات کو بھی مد نظر رکھیں تو کوئی وجہ نہیں کہ پڑھائی میں ان کا دل نہ لگے"۔

امی کی آمد پر ہم دونوں خاموش ہو گئے۔ وہ پانی گرم کر کے لے آئی تھیں۔ انہوں نے گرم پانی میں کپڑا بھگویا اور میری ناک سے خون صاف کرنے لگیں جو اب جمنے لگا تھا۔

پھر انہوں نے مجھے اور شہاب کو گرم گرم چائے دی۔

اتنے میں ابا جان بھی آ گئے۔ انہوں نے آتے ہی کہا۔

"شرافت محراب پور چلا گیا ہے"۔

"اب کیا ہو گا؟"۔ امی نے دل پر ہاتھ رکھ کر گھبرا کر پوچھا۔

"فکر کرنے کی کوئی ضرورت نہیں ہے"۔ ابا جان نے

جواب دیا۔ "وہ ضرور عطا کے پاس گیا ہو گا"۔

"عطا کے پاس؟"۔ امی کچھ سوچ کر بولیں۔ "ہاں میرا بھی یہ ہی خیال ہے مگر آپ کو یہ کیسے پتہ چلا کہ وہ محراب پور ہی گیا ہے؟"

"یہ بات مجھے رجب نے بتائی تھی۔ شرافت نے اسی سے محراب پور کا ٹکٹ خریدا تھا۔ آج کل اس کی رات کی ڈیوٹی ہے"۔

"اگر واقعی ایسا ہے تو عطا ماموں ہمیں خط لکھ کر بتا دیں گے کہ شرافت بھائی وہاں پہنچ گئے ہیں"۔ میں نے کہا۔

میری بات سن کر ابا جان بولے۔ "اور کیا۔ ویسے بھی شرافت عطا کے گھر کے علاوہ کہیں اور نہیں جا سکتا"۔

امی کو شرافت بھائی کے چلے جانے کا بے حد دکھ تھا لیکن یہ بات سن کر انھیں کچھ تسلی ہوئی۔ وہ اٹھتے ہوئے بولیں۔ "آپ آتے ہی کس الجھن میں پھنس گئے۔ اب آرام سے بیٹھئے میں کھانا لگاتی ہوں"۔

"کھانا رہنے دو۔ میں کھانا نہیں کھاؤں گا"۔ ابا جان نے سپاٹ آواز میں کہا۔ امی غم آلود نگاہوں سے دروازے کو گھورنے لگیں۔ میں اور شہاب وہاں سے اٹھ گئے۔

کمرے سے باہر نکلا کر شہاب بولا۔ "اچھا شوکت اب میں چلتا ہوں۔ میری غیر حاضری سے امی پریشان ہو رہی ہوں گی۔ دراصل میں اپنے ایک دوست سے مل کر آرہا تھا کہ غیر متوقع طور پر تم اور تایا جان وہاں مل گئے"۔ پھر وہ صحن میں کھڑی اپنی سائیکل کی طرف بڑھا اور اسے دروازے کی طرف لے جاتے ہوئے بولا۔ "اگر تمہارے شرافت بھائی کی وجہ سے گھر کی فضا ناخوشگوار نہ ہوتی تو میں آج رات تمہیں اپنے ساتھ ایک جگہ لے جاتا"۔

"کہاں؟" میں نے تجسس سے پوچھا۔

"شاید تم بھول گئے ہو"۔ شہاب مسکرا کر بولا۔ "ناظم اتنی بد تمیزی کر کے اور ایک ہی گھونسے میں تمہارا ابھر کس نکال کر کیا یوں ہی چھوڑ دیا جائے گا۔ ہم اس سے بدلہ لیتے"۔

"اوہ۔" میں نے دانت پیس کر ہوا میں مکّہ چلایا۔ "اچھا ہوا شہاب تم نے مجھے یاد دلا دیا۔ میں واقعی اسے مزہ چکھا کر ہی دم لوں گے"۔

"بس اب تم رہنے دو۔ ایک کام تم نے کر دکھایا یعنی اس کا گھونسہ کھا لیا۔ دوسرا کام میرے ذمے، آخر میں بھی تو تمہارا کچھ لگتا ہوں"۔

"میری نرمی سے ناجائز فائدہ نہیں اٹھاؤ"۔ میں نے برا مان کر کہا۔ "تم بار بار اس گھونسے کا تذکرہ کیوں کر رہے ہو؟"

"اس لیے کہ میں جب بھی نظریں اٹھا کر دیکھتا ہوں۔ مجھے تمھاری ناگ پر وہ ہی گھونسہ دکھائی دیتا ہے۔ دیکھو تو کیسی پھول گئی ہے"۔ وہ ہنس کر بولا۔

"چلو دفع ہو جاؤ"۔ میں نے بھنّا کر کہا۔ وہ ہنستا ہوا باہر نکل گیا۔ میں نے ایک دھماکے سے دروازہ بند کر دیا۔

مہنگا گھونسہ

ہمارا اسکول ساڑھے آٹھ بجے کا تھا۔ شہاب کے پاس چونکہ سائیکل تھی اس لیے وہ صبح تیار ہو کر میرے گھر آ جاتا تھا۔ جہاں سے ہم دونوں ساتھ ساتھ اسکول روانہ ہو جاتے تھے۔

آج بھی ایسا ہی ہوا تھا۔ ہم دونوں تقریباً آٹھ بجے گھر سے روانہ ہوئے تھے۔ سائیکل شہاب چلا رہا تھا۔ جب اس نے ایک نئے راستے پر سائیکل ڈالی تو میں چونک پڑا۔ "او بھائی تم یہ

"کہاں جا رہے ہو؟"

"چپ کر کے بیٹھے رہو اور ہاں مجھ سے بات کرتے ہوئے اردو ذرا ٹھیک ٹھیک بولا کرو"۔ اس نے جیسے مجھے ڈانٹ دیا۔ "اچھا شوکت یہ بتاؤ یہاں سے پٹرول پمپ کتنی دور ہو گا؟" میں جو غصّے سے تلملا رہا تھا خاموش بیٹھا رہا۔

"آہا۔ وہ دیکھو"۔ اس نے ایک سمت اشارہ کر کے کہا۔ میں نے بادلِ نخواستہ ادھر گردن گھمائی تو یہ دیکھ کر حیرت زدہ رہ گیا کہ ناظم اپنے منی ٹرک کو ایک گدھا گاڑی کے پیچھے رسی سے باندھ کر کہیں جا رہا تھا۔

"اس کا کیا مطلب ہے؟" میں نے گردن موڑ کر شہاب سے پوچھا۔

"میرے بھولے بادشاہ تمہارے اس خادم نے اس بد بخت کے چھکڑے کے چاروں پہیے پنکچر کر دیے ہیں۔ یہ نا ہنجار شخص اب غصّے میں جلتا بھنتا پٹرول پمپ کی طرف جا رہا ہے۔ کچھ پیسے یہ پٹرول پمپ کے اس آدمی کو دے گا جو اس

کے ٹرک کی ٹیوبوں میں پنکچر لگائے گا اور آج کی دیہاڑی سے جو اسے ہاتھ دھونا پڑے ہیں اس کے پیسے علیٰحدہ ہوئے۔ تو بھائی اس طرح یہ بات ثابت ہو گئی ہے کہ اس شخص نے جو رات تمہارے گھونسہ رسید کیا تھا وہ اس بہت مہنگا پڑا ہے"۔

"تم نے تو یار کمال کر دیا ہے۔ یہ کاروائی تم نے رات کو کی ہو گی"۔ میں نے پر مسرّت لہجے میں کہا۔

"نہیں رات تو میں گھر جا کر سو گیا تھا البتہ صبح اذانوں سے پہلے ہی اٹھ گیا تھا۔ بزرگ جو کہتے ہیں کہ صبح اٹھنے کے بہت سے فائدے ہیں تو وہ غلط نہیں کہتے"۔

سائیکل کا رخ اب اسکول کی طرف ہو گیا تھا۔ پھر ہم اسکول پہنچ کر کافی دیر تک اس واقعہ کے متعلق بات کرتے رہے تھے۔

تیسرے دن ابّا جان گھر سے اپنی ڈیوٹی پر چلے گئے۔ امی جان کو عطا ماموں کے خط کا بڑا انتظار تھا مگر ان کا خط نہ آنا تھا نہ آیا۔ مگر ساتویں روز جب ڈاکیا دروازے پر آیا تو امی بے تابی

سے دوڑیں۔ وہ یہ سمجھی تھیں کہ عطا ماموں کا خط ہو گا۔ میں بھی اس وقت گھر پر تھا۔ امی کو چونکہ اردو پڑھنا نہیں آتی تھی اس لیے وہ لفافہ مجھے دے کر بولیں۔ ”شوکت۔ عطا کا خط آیا ہے۔ ذرا پڑھ کر تو سنانا“۔

میں نے خط کھولا تو وہ شرافت بھائی کا نکلا۔ ”ارے امی۔ یہ تو شرافت بھائی نے لکھا ہے“۔

”سچ“۔ امی خوشی سے کھل اٹھیں۔ ”ذرا جلدی سے سنا“۔

میں نے خط میں جو لکھا تھا انھیں سنا دیا۔ خط میں انہوں نے اپنی خیر خیریت لکھی تھی اور یہ بتایا تھا کہ انھیں ایک باعزت روزگار میسّر آگیا ہے جس میں ترقی کے کافی امکانات ہیں۔

وہ میرے سے بہت خفا تھے۔ انھیں اس بات پر بہت غصہ آرہا تھا کہ میں نے ابا جان سے ان کی شکایت کیوں کر دی تھی۔ میرے متعلق انہوں نے لکھا تھا۔

"اور شوکت سے کہیے گا کہ اس نے میرے ساتھ دھوکہ کر کے اچھا نہیں کیا تھا۔ میں اس سے ضرور نمٹوں گا"۔

شرافت بھائی کے خط کے آجانے سے امی کے چہرے پر کافی رونق آگئی تھی۔ وہ بولیں۔ "خدایا تیرا لاکھ لاکھ شکر ہے کہ میرے شرافت کا تو نے روزگار بھی لگا دیا ہے"۔

"مگر امی"۔ میں نے مصنوعی خوفزدگی سے کہا۔ "شرافت بھائی مجھ سے بہت زیادہ ناراض ہیں"۔

"اسے اس بات کا غصّہ ہو گا کہ تو نے اپنے ابّا کو اس کے گھر سے جانے کے متعلق کیوں بتا دیا تھا۔ خیر تو فکر مت کر۔ شرافت دل کا برا نہیں ہے۔ وہ جب گھر آئے گا تو تیرے لیے شہر سے بہت اچھی اچھی چیزیں لائے گا"۔

"لیکن امی وہ محراب پور میں ٹھہرے کہاں ہوں گے؟" میں نے پوچھا۔ "انہوں نے خط میں یہ تو لکھا نہیں ہے کہ وہ واقعی عطا ماموں کے گھر ٹھہرے ہوئے ہیں"۔

"ہاں رے۔ یہ تو سوچنے کی بات ہے"۔ امی نے

پریشان ہو کر کہا۔ "میرا بچہ نہ جانے کہاں کہاں مارا مارا پھر رہا ہو گا"۔

"ہو سکتا ہے جہاں انھیں نوکری ملی ہے وہیں رہائش کا بھی انتظام ہو"۔ امی کی تسلی کی خاطر میں نے کہا۔

"ہاں ضرور یہ ہی بات ہو گی"۔ امی خوش ہو کر بولیں۔

"پھر بھی اگر وہ اپنا پتہ لکھ بھیجتا تو میں بھی اسے دو لفظ لکھوا بھیجتی"۔

"ہمیں انتظار کرنا چاہیئے۔ ممکن ہے آیندہ کسی خط میں وہ اپنا پتہ لکھ دیں"۔

"خدا کرے ایسا ہی ہو۔ میرا دل اس کی صورت دیکھنے کو تڑپ رہا ہے۔ محراب پور ہے ہی کتنی دور۔ ریل گاڑی سے تین ساڑھے تین گھنٹے کا سفر ہے۔ اگر اس کا پتہ ہوتا تو میں اس سے مل آتی"۔

وہ ردّی سا خط جسے مجھے یقین ہے کہ شرافت بھائی نے کسی خط لکھنے والے سے لکھوایا ہو گا، کیوں کہ ان کی اردو کا املا

بھی بہت غلط تھا، امی نے کئی بار مجھ سے پڑھوا کر سنا تھا۔ پھر اس خط کی اطلاع انہوں نے بذریعہ خط ابا جان کو بھی دے دی تھی جس میں انہوں نے یہ بھی لکھوا دیا تھا کہ شرافت بھائی کو ایک باعزت نوکری بھی مل گئی ہے۔

ابا جان کو خط لکھوا کر وہ مجھ سے بولیں۔ "شرافت شروع ہی سے تیرے ابا سے ڈرتا تھا۔ اولاد چاہے کتنی بھی نالائق کیوں نہ ہو پھر بھی اسے اپنے بڑوں کا ادب ضرور کرنا چاہیئے"۔

"اچھا ادب کیا ہے انہوں نے"۔ میں نے منہ بنا کر کہا۔ "ان کی وجہ سے کتنے لوگوں کو پریشانی اٹھانا پڑی ہے۔ آپ کو پتہ ہے پورے قصبے میں یہ بات مشہور ہو گئی ہے کہ فیل ہونے کے بعد شرافت بھائی گھر سے بھاگ گئے ہیں"۔

"شوکت تو تو اس طرح نہ کہہ"۔ امی بڑے دکھ سے بولیں۔ میں خاموشی سے وہاں سے اٹھ گیا۔ گھر میں میری طبیعت گھبرا رہی تھی۔ میں نے سوچا گھر سے باہر چل کر

دیکھوں ہو سکتا ہے دل کچھ بہل جائے۔ میں باہر نکل گیا۔ ہمارا قصبہ زیادہ بڑا نہ تھا۔ کوئی پانچ چھ سو مکانات تھے وہاں۔ مختصر سی آباد کے باوجود وہ بہت خوبصورت تھا۔ پہاڑوں کے درمیان گھری ہونے کی وجہ سے یہ جگہ شہر والوں کے لیے اپنے اندر بے پناہ کشش رکھتی تھی۔ گرمیوں میں اکثر لوگ یہاں آ کر اپنی چھٹیاں گزارتے تھے۔ اس لیے یہاں پر گرمیوں میں کافی رونق ہو جاتی تھی۔ چونکہ سردیوں میں یہاں پر بہت زیادہ ٹھنڈک ہو جاتی تھی، اس کی وجہ سے کوئی یہاں کا رخ بھی نہیں کرتا تھا۔ اس لیے سردیوں میں کوئی ہنگامہ وغیرہ نظر نہیں آتا تھا۔

اس وقت دوپہر کے دو بجے تھے۔ میں نے سوچا کہ کچھ دیر قصبے کی لائبریری میں جا کر بیٹھوں گا مگر پھر شہاب کے مل جانے سے میرا یہ ارادہ دھرے کا دھرا ہی رہ گیا۔

"اور سناؤ شوکت۔ شرافت بھائی کا کچھ اتا پتہ ملا۔ عطا ماموں کا خط تو آ گیا ہو گا؟"

"عطا ماموں کا تو نہیں البتہ شرافت بھائی کا خط آچکا ہے"۔ پھر میں نے مختصر اُخط کا مضمون دوہرا دیا۔

"بہت خوب۔ تو خیر سے وہ نوکری حاصل کرنے میں کامیاب ہو گئے۔ وہ نوکری کس قسم کی ہے۔ یہ نہیں لکھا؟" شہاب نے پوچھا۔

"نہیں"۔ میں نے نفی میں سر کو جنبش دے کر کہا۔

"ہو سکتا ہے ٹی وی کارپوریشن میں جگہ مل گئی ہو کیونکہ اکثر یہ دیکھا گیا ہے کہ پڑھنے لکھنے سے بھاگنے والے فطری اداکار ہوتے ہیں۔ اداکاری کے جوہر دکھانے کا موقع نہ ملے تو ان کا دم گھٹنے لگتا ہے"۔ شہاب بولا۔

"میں اس بارے میں کیا کہہ سکتا ہوں"۔ میں نے بات ختم کر دی۔ چونکہ شہاب کو کسی ضروری کام سے کہیں جانا تھا اس لیے وہ جلد ہی مجھ سے رخصت ہو گیا۔ میں لائبریری میں جا کر بیٹھ گیا۔

دن آہستہ آہستہ گذرتے جا رہے تھے۔ اسی طرح

تقریباً ڈھائی ماہ کا عرصہ بیت گے۔ اس عرصہ میں ابا جان تین مرتبہ گھر آئے تھے۔ ہر دفعہ انھیں یہ امید ہوتی تھی کہ شرافت بھائی واپس گھر آچکے ہوں گے مگر یہ امید ہمیشہ ناامیدی میں بدل جاتی تھی۔

امی کی حالت عجیب ہوگئی تھی۔ وہ شرافت بھائی کی یاد میں اکثر روتی رہتی تھیں۔ ڈھائی ماہ کی مدت میں شرافت بھائی کے کل پانچ خط آئے تھے جنہیں امی نے بہت سنبھال کر رکھا ہوا تھا۔

دسمبر شروع ہوچکا تھا۔ دسمبر کے وسط میں ہمارے اسکول موسم سرما کی تعطیلات کے سلسلے میں پندرہ دن کے لیے بند ہونے والے تھے۔ چونکہ شرافت بھائی کسی طرح اپنا پتہ دینے پر تیار نہ تھے اس لیے میں نے یہ سوچا کہ میں ان کی تلاش میں محراب پور جاؤں گا۔

اپنے اس ارادے کا ذکر میں نے اپنی چھٹیاں شروع ہونے سے ایک دن پہلے شہاب سے بھی کیا۔

وہ بولا۔ "شرافت بھائی کو ضرور ڈھونڈنا چاہیے۔ تائی امی کی صحت روز بہ روز گرتی جا رہی ہے۔ ان کے چلے جانے سے وہ بہت فکر مند ہو گئی ہیں"۔

"میں کل ہی روانہ ہو جاؤں گا"۔ میں نے کہا۔

"اتنی خود غرضی سے کام مت لو شوکت"۔ شہاب نے بگڑ کر کہا۔ "شرافت بھائی میرے بھی کچھ لگتے ہیں۔ میں بھی تمہارے ساتھ ہی چلوں گا"۔

"مگر شہاب ...."۔ میں نے کہا ہی تھا کہ وہ بات کاٹ کر بولا۔ "اگر مگر کچھ نہیں۔ اپنا فیصلہ میں تمہیں سنا چکا ہوں"۔

"ٹھیک ہے جیسی تمہاری مرضی۔ مگر بھئی وہ میں نے ابھی امی سے اس بات کا تذکرہ نہیں کیا ہے۔ جانے وہ اجازت دیں گی بھی یا نہیں"۔

"چلو ان سے بھی بات کر لیتے ہیں۔ عطا ماموں تو وہاں رہتے ہی ہیں۔ ڈیرہ وہیں جما لیں گے"۔ وہ کھڑا ہوتے ہوئے

بولا۔ ہم دونوں اس وقت کھیل کے میدان میں تھے۔ وہاں سے میں شہاب کے ساتھ گھر آیا۔ اسے دیکھ کر امی خوش ہو کر بولیں۔ "شہاب بیٹے تمھیں پتہ ہے کہ آج شرافت کا پانچواں خط بھی آگیا ہے"۔

'جی ہاں تائی امی" شہاب نے جواب دیا۔ "شوکت نے مجھے بتادیا تھا"۔

"شوکت کے ابا ہر وقت اس کے پیچھے پڑے رہتے تھے۔ میرا بچہ ان ہی کے ڈر سے گھر سے گیا ہے"۔ وہ سوگوار ہو کر بولیں۔

"تائی امی آپ ذرا بھی فکر نہیں کریں"۔ شہاب نے کہا۔ "میں نے اور شوکت نے یہ سوچا ہے کہ ہم محراب پور جا کر انھیں ڈھونڈنے کی کوشش کریں۔ خود سے تو شرافت بھائی اپنی رہائش گاہ کا پتہ لکھنے سے رہے۔ انھیں ڈھونڈ نکالنے کا کام ہمیں ہی سر انجام دینا پڑے گا"۔

انھیں یہاں سے گئے جمعہ جمعہ آٹھ دن تو ہوئے ہیں۔

انہوں نے رہائش گاہ کا بھی انتظام کر لیا ہو گا؟" میں نے طنزیہ لہجے میں کہا۔ "یقیناً ان کا فٹ پاتھ پر بسیرا ہو گا"۔

"دیکھو شہاب اپنے بڑے بھائی کے لیے کیسے الفاظ منہ سے نکال رہا ہے"۔ امی نے تڑپ کر کہا۔ "شوکت میں جانتی ہوں تو تو شرافت سے جلتا تھا۔ میں تو کہتی ہوں کہ تو ہی اس کی جگہ چلا جاتا تو اچھا ہوتا"۔

مجھے احساس ہو گیا تھا کہ میری بات سے امی کو بہت دکھ پہنچا ہے۔ میں شرمندہ سا ہو گیا۔ شہاب نے ایک نظر مجھے دیکھ کر کہا۔ "کل سے ہمارے اسکول پندرہ دن کے لیے بند ہو رہے ہیں۔ ہم اس عرصہ میں شرافت بھائی کا کھوج نکالنے کی کوشش کریں گے۔ ویسے میرا خیال ہے کہ وہ عطا ماموں کے پاس ہوں گے"۔

"اگر وہ عطا کی گھر جاتا تو عطا کا خط ضرور آ جاتا"۔ امی بولیں۔ "مگر تم اسے کہاں تلاش کرو گے؟"

"یہ آپ ہم پر چھوڑ دیں"۔ شہاب نے کہا۔ "بس آپ

ہمیں جانے کی اجازت دے دیں"۔

امی کچھ سوچنے لگیں۔ میں نے کہا۔ "امی اس بہانے ہماری سیر بھی ہو جائے گی"۔

"لو دیکھ لو شوکت کو"۔ امی نے شہاب سے کہا۔ "یہ بھائی کی طرف سے ذرا بھی فکر مند نہیں ہے۔ یہ تو سیر سپاٹے کو جا رہا ہے"۔

"امی آپ تو میری ہر بات کا الٹ مطلب لے رہی ہیں"۔ میں نے خفگی سے کہا۔ "سیر کی بات تو میں نے اس لیے کہی تھی کہ آپ یہ خیال نہ کریں کہ ہمیں محراب پور جانے میں کوفت ہو گی"۔

امی میری طرف دیکھ کر بولیں۔ "ٹھیک ہے تم لوگ کل چلے جانا۔ اگر بھائی مل جائے تو اسے گھر واپس لانے کی کوشش کرنا۔ اس سے کہنا کہ وہ ملازمت وغیرہ کی پرواہ نہ کرے۔ تمہارے ابا اسے کوئی کاروبار کرا دیں گے"۔

"بہتر ہے"۔ شہاب نے کہا۔ "مگر آپ ذرا میری امی کو

سمجھا دیجیے گا کہ وہ میرے جانے پر اعتراض نہ کریں"۔
"رضیہ سے میں بات کر لوں گی"۔ امی نے کہا۔
میرا اور شرافت بھائی کا کمرہ اوپر کی منزل پر تھا۔ یہ دو منزلہ مکان چکنی مٹی، چونے اور لکڑی کے تختوں سے تعمیر کیا گیا تھا۔ ہمارے قصبے کے اکثر مکانات اسی طرح کے تھے۔ میں شہاب کو لے کر اپنے کمرے میں آ کر بیٹھ گیا۔ پھر ہم دونوں سفر کی تیاری کے بارے میں باتیں کرنے لگے۔

———

مفرور قیدی

زندگی میں ہم دو مرتبہ محراب پور آئے تھے۔ ایک دفعہ اس وقت جب عطاماموں کی شادی نہیں ہوئی تھی۔ دوسری مرتبہ اس وقت جب ان کی شادی ہو رہی تھی۔ دونوں مرتبہ ہمیں بہت مزہ آیا تھا۔ مجھے آج تک پتہ نہیں چلا تھا کہ عطاماموں میری امی کے بھائی ہیں یا شہاب کی امی کے۔ وہ بہت اچھے اور زندہ دل آدمی تھے۔ ان سے باتیں کر کے بہت مزہ آتا تھا۔

کہیں پر اکیلے جانا ہماری زندگی کا پہلا تجربہ تھا۔ اس لیے ہم نے قصبے میں اپنا کوئی دوست نہ چھوڑا جس سے مل نہ سکے ہوں۔ آدھا دن اسی چکّر میں گزر گیا تو ہمیں خیال آیا محراب پور کی دو بجے والی گاڑی کی لیے بہت تھوڑا وقت رہ گیا ہے۔ بھاگم بھاگ گھر پہنچے مگر پونے دو بج چکے تھے۔ ہمیں کچھ چیزیں بھی ساتھ لے جانا تھیں۔ انھیں ایک جگہ اکٹھا کرنے میں ہی سوا دو بج گئے۔ چونکہ آخری گاڑی شام سوا سات بجے جاتی تھی اس لیے فیصلہ کیا گیا کہ اس گاڑی سے چلیں گے۔ رات کے سفر کے پیش نظر ہم نے یہ مناسب سمجھا تھا کہ کچھ دیر کے لیے سو جائیں۔ ہم لوگ سونے کے لیے لیٹ گئے۔ ٹھیک سات بجے ہمیں امی نے اٹھا دیا تھا۔ میری چچی یعنی شہاب کی امی بھی وہیں تھیں۔ وہ ہمیں نصیحت کرنے لگیں کہ ہم لوگ پرائے شہر جا رہے ہیں اس لیے خاصے محتاط رہیں وغیرہ وغیرہ۔

سوا سات بجے ہم لوگ اسٹیشن پہنچ چکے تھا۔ گاڑی

پلیٹ فارم پر کھڑی تھی۔ ہم ٹکٹ لے کر گاڑی میں بیٹھ گئے۔ ہمارے قصبے سے محراب پور تک کا سفر بخیر و خوبی طے پا گیا تھا کیونکہ دس بجے ہم ایک بس میں بیٹھے عطاماموں کے گھر کی طرف جا رہے تھے۔

ہمارا خیال تھا کہ عطاماموں اور ممانی ہمیں دیکھ کر بے پناہ خوش ہوں گے۔ سردی کافی بڑھ گئی تھی۔ ہم بس میں بیٹھے سوچ رہے تھے کہ وہاں جا کر مزے سے کھانا کھائیں گے اور گرم گرم لحافوں میں گھس کر لمبی تان کر سو جائیں گے۔ سڑکیں سنسان پڑی تھیں اس لیے بس بہت تیز رفتاری سے جا رہی تھی۔ بہت جلد ہمارا مطلوبہ اسٹاپ آگیا تھا۔ ہم اپنا سامان سنبھال کر اتر گئے۔

عطامامو ں گلشن پلازہ کے ایک فلیٹ میں رہتے تھے۔ چونکہ ان کا فلیٹ چھٹی منزل پر تھا اس لیے ہم لفٹ کی طرف بڑھے مگر لفٹ بند پڑی تھی۔ مجبوراً ہم نے سیڑھیوں کا رخ کیا۔

مرے مرے قدموں سے جب سیڑھیاں طے کرتے ہوئے ہم چھٹی منزل پر پہنچے تو ہمارا سانس پھول گیا تھا۔ اس پر بھوک تھکن اور نیند کے غلبے نے مزید براحال کر رکھا تھا۔

"خدا کا شکر ہے کہ ہماری منزل آ گئی"۔ شہاب نے اپنے بیگ کو ایک ہاتھ سے دوسرے ہاتھ میں منتقل کرتے ہوئے کہا۔

میں نے کچھ جواب نہ دیا۔ ہم دونوں روشن راہداری میں آگے بڑھنے لگے۔ میں نے یونہی نیچے جھانک کر دیکھا۔ سڑک پر خوب روشنی ہو رہی تھی۔

یہ منظر مجھے بہت اچھا لگا۔ اچانک میں شہاب کی آواز سن کر چونک گیا۔ وہ کہہ رہا تھا۔ "لو یار ہو گیا کام"۔

میں نے اس کی طرف دیکھا۔ ہم عطاماموں کے فلیٹ کے دروازے پر کھڑے تھے جس پر ایک تالا لگا نظر آ رہا تھا۔ شہاب اسے کھینچ کھینچ کر دیکھنے لگا پھر بھرّائی ہوئی آواز میں بولا۔ "یہ تو واقعی لگا ہوا ہے"۔

"اب کیا کریں؟" میں نے پریشان ہو کر پوچھا۔

شہاب خالی خالی نظروں سے مجھے دیکھنے لگا پھر بولا۔

"ہو سکتا ہے عطا ماموں ممانی کے ساتھ فلم کا آخری شو دیکھنے گئے ہوں۔ ابھی کیا وقت ہوا ہے"۔ اس نے ایک نظر گھڑی پر ڈالی اور کہا۔ "گیارہ بجے ہیں۔ بارہ ساڑھے بارہ تک ہم انتظار کر لیتے ہیں"۔

میں دیوار سے لگ کر کھڑا ہو گیا۔ کچھ دیر بعد شہاب بولا۔ "بہتر ہو تا کہ ہم اسٹیشن پر کھانا کھا لیتے۔ بھوک کے مارے میرا تو سر چکرانے لگا ہے"۔

"کیا خیال ہے اب کہیں چلیں۔ تھوڑا وقت بھی پاس ہو جائے گا"۔ میں نے کہا۔

شہاب میری بات کا کوئی جواب بھی نہ دے پایا تھا کہ اچانک ہمارے کانوں میں تیز تیز سیٹیوں کے بجنے کی آوازیں آئیں۔ اس قسم کی سیٹیاں پولیس والوں کے پاس ہوتی ہیں۔ عین اس وقت کہیں دور سے پولیس کی گاڑی کا سائرن سنائی دیا۔

ہم نے جلدی سے نیچے جھانک کر دیکھا۔ سڑک ویران پڑی تھی۔ پولیس والے شاید دور تھے۔ شہاب نے کہا۔ "سینٹرل جیل تھوڑی ہی دور ہے۔ آج شاید کوئی قیدی جیل سی فرار ہو گیا ہے۔ پولیس ضرور ناکہ بندی کر رہی ہے"۔

اچانک ہم دونوں چونک گئے۔ ہم نے گلشن پلازہ کے نکڑ پر ایک آدمی کو دیکھا جو بھاگتا ہوا آ رہا تھا۔ سیٹیاں مسلسل بج رہی تھیں اور ان کی آواز قریب آتی جا رہی تھی۔ وہ آدمی جس کے جسم پر قیدیوں والا لباس تھا بھاگتا بھاگتا ایک دم رکا اور پھر اچانک اس نے بڑی پھرتی سے فٹ پاتھ کے ایک گٹر کا ڈھکن اٹھایا اور اس میں کود کر اندر سے ڈھکن ویسا ہی رکھ دیا۔

"واہ!" شہاب خوش ہو کر بولا۔ "کیا شاندار ترکیب ہے"۔

میرا منہ حیرت سے کھلے کا کھلا رہ گیا تھا۔ اسی وقت سڑک کے دونوں سروں سے کئی پولیس والے نمودار ہو گئے۔ سیٹیاں بجنا بند ہو گئی تھیں۔ وہ لوگ تیز تیز آواز میں ایک

دوسرے سے باتیں کر رہے تھے۔ انھیں یہ شبہ ہو گیا تھا کہ قیدی اسی جگہ کہیں چھپ گیا ہے۔ وہ دور دور تک پھیل گئے اور اس علاقے کا محاصرہ کر لیا۔ تھوڑی دیر بعد پولیس کی سائرن والی گاڑی بھی وہاں پہنچ گئی۔ اس میں سے ایک آفیسر اترا۔ دو انسپکٹر اس کے پاس گئے۔ اسے سیلوٹ کیا اور پھر اسے کچھ بتانے لگے۔

اس شور شرابے سے آس پاس کی عمارتوں کی کھڑکیاں کھلنے لگی تھیں۔ لوگ جھانک جھانک کر باہر دیکھ رہے تھے۔ پھر پولیس کار سے اسپیکر کے ذریعے یہ اعلان ہونے لگا کہ جیل سے ایک قیدی نے فرار ہو کر اس علاقے میں پناہ لی ہے۔ وہ بہت خطرناک قیدی ہے۔ لہذا لوگوں کو چاہیے کہ اپنے اپنے دروازے بند رکھیں۔ اعلان میں یہ بھی کہا گیا تھا کہ آس پاس کی عمارتوں کی تلاشی لی جائے گی۔ اس لیے پولیس سے تعاون کیا جائے۔

اتنی دیر میں وہاں پولیس کا ایک ٹرک بھی پہنچ گیا تھا۔

اس میں سے باوردی سپاہی کود کود کر نیچے اترنے لگے۔ پھر ان لوگوں نے تلاشی کا کام شروع کر دیا۔ وہ یہ کام چار چار کی ٹولیوں میں بٹ کر کر رہے تھے۔

"پولیس اپنا وقت ضائع کر رہی ہے"۔ شہاب بولا۔ "آؤ ہم انھیں چل کر بتا دیں کہ قیدی کہاں چھپا ہوا ہے۔ کتنا انوکھا اتفاق ہے کہ ہم اسے چھپتے دیکھ چکے ہیں"۔

"ہاں یہ بات ٹھیک رہے گی"۔ میں نے کہا۔ "قانون کی مدد کرنا ہمارا اخلاقی فرض ہے"۔

"رٹے رٹائے جملوں سے مجھے سخت چڑ ہے"۔ شہاب نے منہ بنا کر کہا۔ "قانون کی مدد کے علاوہ بھی تمہارے بہت سے فرائض ہیں۔ ان کی طرف بھی توجہ دو"۔

"اچھا چھ زیادہ بکواس کی ضرورت نہیں ہے"۔ میں نے منہ بنا کر کہا۔

ہم اپنا سامان اٹھا کر پھر سیڑھیوں کی طرف چلے۔ گلشن پلازہ کے فلیٹوں میں بھی لوگوں سے پوچھ گچھ ہو رہی تھی

کہ ان کے فلیٹ میں کوئی آدمی تو نہیں گھسا۔ دوسری منزل پر ہماری مڈھ بھیڑ چند سپاہیوں سے ہوگئی۔ وہ ہمارے گرد جمع ہو گئے۔

"اوئے کون ہو تم لوگ؟" ایک باوردی پولیس والے نے اپنی ڈھیلی ڈھالی پتلون کو اوپر کھسکا کر کڑک کر پوچھا۔

ہم کچھ کہہ بھی نہ پائے تھے کہ دوسرے سپاہی نے سوال جڑ دیا۔ "اتنی رات کو یہ سامان کہاں لے جایا جا رہا ہے۔ اوپر سے تم لوگوں کا حلیہ بھی مشکوک سا ہے۔ اپنے سامان کی تلاشی دو"۔

ہم تو اتنے خلوص سے ان کی مدد کرنے جا رہے تھے۔ ان کی اس قدر بدتمیزی نے بس موڈ خراب کر دیا تھا۔ میں نے کہا۔ "ہم نور پور سے اپنے ماموں کے گھر آئے تھے مگر ان کے فلیٹ میں تالا پڑا ہوا ہے"۔

پولیس کی دوسری پارٹی بھی اتنے میں وہاں پہنچ گئی تھی۔ ایک جگہ تمام لوگوں کا جمگھٹا دیکھ کر کسی نے چلا کر پوچھا۔

"کیوں بھئی کیا مجرم پکڑ لیا گیا ہے؟"

ہمارے پاس جو سپاہی کھڑے تھے ان میں سے ایک نے کہا۔ "قیدی تو نہیں ملا البتہ یہ دو چھوکرے ضرور مل گئے ہیں۔ ان کی حالت کچھ مشکوک سی معلوم ہو رہی ہے"۔

وہ دوسری پارٹی بھی اتنی دیر میں وہاں آگئی۔ وہ سب ہمیں عجیب عجیب نظروں سے دیکھ رہے تھے۔

"ابے یار یہ کہاں پھنس گئے؟" شہاب نے میرے کان میں سرگوشی کی۔

ایک سب انسپکٹر آگے بڑھا۔ اس نے ہم سے چند سوال کیے۔ سفر کی وجہ سے ہمارا حلیہ بھی خراب ہو رہا تھا اس لیے دوسرے سپاہی ہمیں چور وغیرہ قسم کی چیز سمجھ رہے تھے مگر ہم نے اس سب انسپکٹر کے سوالات کے جواب دے کر اسے مطمئن کر دیا۔ اس کے باوجود ہمارے سامان کی تلاشی لی گئی۔ اس پر میرا اور شہاب کا موڈ خراب ہو گیا تھا۔ پھر ہمیں

جانے کی اجازت مل گئی۔ یہ سب اتنی جلدی ہوا تھا کہ ہمیں یہ بھی یاد نہ رہا کہ ہم نے قیدی کو خود اپنی آنکھوں سے گٹر میں گھستے دیکھا تھا۔ ہمیں شدّت سے اپنی بے عزتی کا احساس ہو رہا تھا۔

جب ہم نچلی منزل پر پہنچے تو شہاب جل کر بولا۔ "کیسے عجیب ہیں یہ لوگ۔ ہم شکل سے چور نظر آتے ہیں"۔

"بھیا ابھی تو باہر مزید سپاہیوں سے نمٹنا پڑے گا"۔ میں نے کراہ کر کہا۔ "ہمیں چاہیے کہ جلد سے جلد کسی آفیسر کے پاس پہنچ کر اسے تمام صورت حال سے آگاہ کر دیں۔ اگر کسی چھوٹے موٹے پولیس والے کو ہم یہ بتا بھی دیں کہ وہ قیدی گٹر میں گھس کر مزے سے بیٹھا ہوا ہے تو اس کو اس بات کا یقین ہی نہیں آئے گا"۔

ہم لوگ صدر دروازے کی طرف جا رہے تھے۔ وہاں پر روشنی بہت کم تھی۔ کچھ ہی فاصلہ طے کیا ہو گا کہ ہمارے عقب سے آواز آئی۔ "ٹھہرو۔ کون ہو تم لوگ۔ کیا تمہیں پتہ

نہیں ہے کہ یہ عمارت پولیس کے گھیرے میں ہے "۔

میرا دماغ بھک سے اڑ گیا۔ یہ آواز تو میں سینکڑوں آوازوں میں بھی پہچان سکتا تھا۔ یہ شرافت بھائی کی آواز تھی۔ میرے پاؤں زمین میں گڑ کر رہ گئے۔ یہ ہی حالت شہاب کی بھی ہوئی تھی۔ جب میرے ذہن سے اس دھماکے کا اثر کم ہوا تو میں نے گھوم کر دیکھا۔ ایک عجیب الخلقت قسم کا پولیس والا تیز تیز قدموں سے ہماری طرف چلا آرہا تھا۔ عجیب الخلقت اس لیے کہ اس کے جسم پر بڑی ڈھیلی ڈھالی سی وردی تھی۔ تیز تیز قدموں سے چلنے کے سبب اس کی پتلون کے دونوں پائنچے ایک دوسرے سے ٹکرا کر عجیب سی آواز پیدا کر رہے تھے۔ وہ اکڑا اکڑا ہمارے پاس آکر ٹھہر گیا۔ ہم دونوں اس کی شکل دیکھنے کے لیے بے تاب تھے۔ پھر ذرا سی کوشش کے بعد ہم اس میں کامیاب بھی ہو گئے تھے۔ وہ سو فیصد شرافت بھائی ہی تھے۔

"شرافت بھائی۔ میں نے خوشی سے اچھل کر کہا اور ان سے لپٹنے کے لیے آگے بڑھا ہی تھا کہ وہ چند قدم پیچھے ہٹ

گئے۔

"کون شوکت؟" انہوں نے سوالیہ انداز میں کہا اور سوالیہ انداز میں ہی ہم دونوں کو گھورنے لگے۔ پھر شہاب کی طرف دیکھ کر بولے۔ "اور شہاب تم۔ تم لوگ یہاں کیسے؟"

"ہم آپ کو ڈھونڈنے آئے تھے"۔ شہاب نے کہا۔

"ہمارا ارادہ عطا ماموں کے گھر ٹھہرنے کا تھا مگر وہ کہیں گئے ہوئے ہیں۔ ان کے گھر میں تالا لگا ہوا ہے"۔

شرافت بھائی مجھ سے ناراض تھے اس لیے دانستہ مجھے نظر انداز کر رہے اور شہاب سے گفتگو کر رہے تھے۔

"تم لوگوں نے بڑی بے وقوفی کی جو یہاں چلے آئے۔ چند دنوں کے بعد میں نور پور میں ہی تبادلہ کروانے والا تھا۔ وہاں ہمارے تھانے میں ایک سپاہی کی جگہ خالی ہے۔ امید ہے کہ میرا کام ہو جائے گا"۔

"شرافت بھائی امی نے آپ کی یاد میں رو رو کر برا حال

کر لیا ہے"۔ میں نے اپنے لہجے کو دردناک بنانے کی پوری کوشش کی تھی مگر شرافت بھائی نے مجھے جھڑک دیا۔ "تو تو بس چپ ہی رہ۔ تجھے یاد ہے میں نے تجھ سے اتنا سا کام کرنے کو کہا تھا مگر تو نے ابّا جان سے شکایت جڑ دی۔ لعنت ہے ایسے بھائی پر"۔

"میں اگر اپنی جان بھی دے دوں تو آپ پھر بھی میری طرف سے اپنا دل صاف نہیں کریں گے"۔ میں نے رونی صورت بنا کر کہا۔ "میں تو صرف یہ چاہ رہا تھا کہ آپ گھر سے نہ جائیں۔ آپ ہی تو میرے ایک بھائی ہیں۔ آپ کے بعد میں کس کو شرافت بھائی کہہ کر بلاتا۔ آپ یہ بھی تو دیکھیں آپ کی تلاش میں ہم کیا کیا کرتے پھر رہے ہیں۔ ابھی تک ہم نے کھانا بھی نہیں کھایا ہے"۔

شرافت بھائی تھوڑا متاثر ہو گئے۔ بولے۔ "تھوڑی دیر پہلے سینٹرل جیل سے ایک خطرناک قیدی فرار ہو گیا ہے۔ ہم لوگ اسی کو تلاش کر رہے ہیں۔ میری ڈیوٹی بارہ بجے ختم ہو

جائے گی پھر تم لوگ میرے ساتھ ہی چلنا"۔

"ارے شرافت بھائی"۔ میں نے چونک کر کہا۔ "وہ قیدی جس جگہ چھپا ہے ہم جانتے ہیں۔ جلدی سے کسی بڑے آفیسر کو لے آیئے تا کہ اس کو گرفتار کیا جا سکے"۔

شرافت بھائی کی آنکھوں میں چمک سی پیدا ہوئی۔ "کیا یہ سچ ہے؟" انہوں نے سرگوشی کی۔

"ہاں شرافت بھائی۔ شوکت درست کہہ رہا ہے"۔

شہاب بولا۔

"وہ وہاں سے فرار تو نہیں ہو گا۔ میرا مطلب ہے کہ وہ کسی محفوظ سی جگہ پر چھپا ہوا ہے نا؟"

"جی ہاں۔ بہت ہی محفوظ جگہ پر"۔ میں نے مسکرا کر کہا۔ "جب اس کے پیچھے دوڑتے ہوئے سپاہی سیٹیاں بجا رہے تھے تو ہم عطا ماموں کے فلیٹ کے سامنے کھڑے تھے۔ ہم نے نیچے جھانک کر دیکھا تو ایک آدمی قیدیوں کے لباس میں بھاگتا ہوا آیا اور کھمبے کے پاس والے گٹر کا ڈھکن اٹھا کر اندر گھس گیا

اور ڈھکن کو اندر سے ہی دوبارہ گٹر پر رکھ دیا"۔

"تم لوگ ایسا کرو کہ عطاماموں کے فلیٹ پر ہی میرا انتظار کرو۔ میں تم سے وہیں ملوں گا"۔

"مگر شرافت بھائی وہ جو پولیس والے تلاشی لیتے پھر رہے ہیں ہمیں چور سمجھ رہے تھے۔ ہماری تلاشی بھی لے ڈالی تھی۔ اب ہم دوبارہ اوپر جائیں گے تو وہ پھر تنگ کریں گے"۔ میں نے کہا۔

"چلو میں تمہیں وہاں چھوڑ کر آ جاتا ہوں"۔ شرافت بھائی نے آگے بڑھ کر کہا۔ ہم دونوں دوبارہ ان کے پیچھے پیچھے چل دیے۔ جب ہم پانچویں منزل پر تھے تو پولیس پارٹی اپنے کام سے فارغ ہو کر نیچے آ رہی تھی۔ انہوں نے ایک اچٹتی سی نگاہ ہم پر ڈالی اور بغیر کچھ کہے چلے گئے۔

ہمیں عطاماموں کے فلیٹ کے باہر چھوڑ کر وہ واپس چلے گئے تھے۔

"شرافت بھائی کا رویہ حیرت انگیز ہے"۔ شہاب نے

تھوڑی دیر بعد کہا۔ "ہونا تو یہ چاہیے تھا کہ وہ ہمیں لے کر اپنے کسی آفیسر کے پاس جاتے مگر وہ تو ہمیں یہاں چھوڑ گئے ہیں"۔

"ہاں یار"۔ میں بولا۔ "میرا خیال ہے کہ وہ خود ہی اس قیدی کو گٹر سے نکال کر اس کامیابی کا سہرا اپنے سر بندھوالیں گے"۔

"تمہیں اس پر حیرانی نہیں ہوئی کہ یہ پولیس میں کیسے بھرتی ہو گئے؟"

شہاب کے اس سوال پر میں نے ایک ٹھنڈی سانس لی اور کہا۔ "میری سمجھ میں تو کچھ نہیں آتا کہ شرافت بھائی کیا کرنا چاہتے ہیں۔ ان کی عمر بھی زیادہ نہیں ہے۔ گزشتہ مارچ میں وہ اٹھارہ برس کے ہوئے تھے۔ اب تم ہی سوچو ایک لڑکے نما پولیس والے سے کون سا مجرم ہو گا جو ڈر جائے گا"۔

"تم دیکھ لینا تایا جان کبھی اس بات کو پسند نہیں کریں گے کہ ان کا بیٹا پولیس میں ملازمت کرے"۔ شہاب نے کہا۔ "یہ بڑی خطرناک نوکری ہوتی ہے"۔

"جب سے شرافت بھائی گھر سے بھاگے ہیں اس وقت سے ابا جان بھی انھیں سخت ناپسند کرنے لگے ہیں۔ ملازمت کی بات تو دور کی ہے وہ کہہ رہے تھے کہ گدھے نے گھر سے بھاگ کر قصبے میں میری ناک کٹوا دی ہے"۔ میں نے کہا اور زمین پر بیٹھ گیا۔ شہاب نے بھی میری تقلید کی۔ ہم نیچے جھانکنے سے اس لیے گریز کر رہے تھے کہ کچھ دیر پہلے ہم پولیس والوں کا رویہ دیکھ چکے تھے۔ اب اوپر سے جھانکتے ہوئے کوئی دیکھ لیتا تو شبہے میں بھی دھرے جاسکتے تھے کیونکہ تھوڑی دیر قبل یہ اعلان ہو چکا تھا کہ سب لوگ اپنے اپنے گھروں میں دروازے بند کر کے بیٹھیں۔ کوئی باہر نہ نکلے۔ ویسے ہم منتظر تھے کہ قیدی کے گٹر میں چھپنے کا راز افشا ہوتے ہی ایک شور سا مچ جائے گا مگر جب کافی دیر ہو گئی اور پولیس کے ٹرک اور گاڑی کا انجن اسٹارٹ ہونے لگا تو ہمیں بے چینی سی ہوئی۔ شہاب نے اٹھ کر ذرا سی گردن نکال کر نیچے جھانکا پھر وہ فوراً ہی زمین پر بیٹھ گیا۔ اس کے ہونٹ سیٹی بجانے کے انداز میں سکڑے ہوئے تھے۔

"بھئی وہ لوگ تو جا رہے ہیں"۔ اس نے چند لمحے بعد کہا۔

"قیدی کو پکڑے بغیر ہی"۔ میں کہتے ہوئے اٹھا اور نیچے جھانکنے لگا۔ واقعی تمام سپاہی ٹرک میں بیٹھ کر واپس ہو رہے تھے۔ پولیس کی کار بھی سائرن بجاتے ہوئے گزر گئی۔ میری نظر ایک سپاہی پر گڑی ہوئی تھی۔ وہ سپاہی ٹرک اور کار کے چلے جانے کے بعد کسی عمارت کے تاریک گوشے سے نکل کر اس گٹر کے ڈھکن پر کھڑا ہو گیا جس میں ہم نے جیل سے بھاگے ہوئے قیدی کو گھستے ہوئے دیکھا تھا۔ اس سپاہی کو دیکھ کر میں فوراً ہی سمجھ گیا کہ اس ڈھیلی ڈھالی وردی میں کون ہو سکتا ہے۔

بہادر سپاہی

"شہاب"۔ میں نے ہلکے سے کہا۔ شہاب جو میرے برابر کھڑا تھا بولا۔ "ہوں"۔

"یہ شرافت بھائی کس چکر میں ہیں۔ ایک تو یہ ہی حیرت کی بات ہے کہ انہوں نے اپنے افسران اعلیٰ سے قیدی کی گٹر میں موجودگی کو چھپایا اور اب یہ ان لوگوں کے جانے کے بعد اس گٹر کے ڈھکن پر کھڑے ہو گئے ہیں۔ یہ کیا کرنا چاہتے ہیں؟"

"کہیں ایسا تو نہیں کہ وہ قیدی کو گٹر سے نکال کر اس سے کچھ لے دے کر معاملہ صاف کرا دیں"۔ شہاب نے کچھ سوچ کر کہا۔

"میرا بھی یہ ہی خیال ہے"۔ میں نے جلدی سے کہا۔ "تم میرے ساتھ آؤ۔ ہم ایسا ہرگز نہیں ہونے دیں گے"۔

ہم لوگ دوڑتے ہوئے نیچے آئے۔ فٹ پاتھ پر پہنچے تو دیکھا شرافت بھائی گھٹنے جھکائے دونوں ہاتھوں کو فضا میں جھلاتے ہوئے طرح طرح کے منہ بنا رہے تھے۔

"وہ۔ وہ اندر سے ڈھکن اٹھانے کی کوشش کر رہا ہے"۔ انہوں نے کہا۔ "تم دونوں نے آنے میں اتنی دیر کیوں کر دی۔ آؤ جلدی سے یہاں کھڑے ہو جاؤ"۔

میں اور شہاب بھی ڈھکن پر چڑھ کر کھڑے ہو گئے۔

"شرافت بھائی"۔ میں نے دبی آواز میں کہا۔ "آپ نے اس کو گرفتار کیوں نہیں کروایا؟'

"دیکھ بھئی شوکت"۔ شرافت بھائی ذرا ناراضگی سے

بولے۔ "میری ہر بات میں ٹانگ مت اڑایا کر۔ یہ شہاب بھی تو ہے۔ کچھ بول رہا ہے منہ سے۔ تو کیا اپنے آپ کو بہت عقلمند سمجھتا ہے؟"

میں خاموش ہو گیا۔ جی تو چاہ رہا تھا کہ انھیں اچھی خاصی سنا دوں مگر پھر کچھ سوچ کر میں نے چپ رہنا ہی مناسب سمجھا۔

"میں تھوڑی دیر کے لیے جا رہا ہوں۔ اس وقت تک تم دونوں اس گٹر پر ہی کھڑے رہو گے۔ تمھاری ذرا سی غفلت اس خطرناک قیدی کے حق میں مفید ثابت ہو گی لہذا اس ڈھکن پر سے ہٹنے کی حماقت نہیں کرنا۔ سمجھے؟"

ہم دونوں نے سر ہلا دیا۔ شرافت بھائی مطمئن ہو کر چلے گئے۔ قیدی کی دہشت لوگوں کے دل پر ایسی بیٹھی تھی کہ انہوں نے کھڑکیاں تک بند کر لی تھیں۔

ہم دونوں سردی سے ٹھٹھرتے رہے۔ گٹر کے اندر قیدی ڈھکن ہٹانے کی کوشش میں مصروف تھا۔ گالیوں کی ہلکی

ہلکی آوازیں بھی ہمارے کانوں میں آرہی تھے جو وہ یقیناً چیخ چیخ کر دے رہا ہوگا۔ جب وہ مایوس ہو گیا کہ ڈھکن نہیں کھلے گا تو وہ ہماری خوشامدیں کرنے لگا۔ ہم نے اس کی طرف سے اپنے کان بند کر لیے تھے اور پاؤں کو مضبوطی سے جمائے کھڑے تھے۔

ہمیں احساس تھا کہ اگر وہ باہر نکل آیا تو ہمیں ہرگز جیتا نہ چھوڑے گا۔ جب اس کی خوشامدیں بھی بے کار گئیں تو وہ اندر سے دھاڑ اکر بولا۔ "سور کے بچو اوپر سے ہٹ جاؤ میرا دم گھٹ رہا ہے"۔

"بھیا ہم بھی یہاں بڑی تکلیف میں ہیں"۔ شہاب بڑبڑا کر بولا۔ "دسمبر کی سردی میں کھلے آسمان کے نیچے کھڑا رہنا آسان کام نہیں ہے"۔

اچانک میرے کانوں میں پولیس کار کے سائرن کی آواز آئی۔ ہم دونوں چونک کر سڑک کے موڑ کی طرف دیکھنے لگے۔ چند ہی لمحوں کے بعد وہاں پر پولیس کی کار آکر رکی۔ اس میں سے چند آدمی نکلے۔ وہ سب کے سب وردیوں میں ملبوس

تھے۔ ان میں سے ایک تو شاید انسپکٹر تھا۔ باقی تین سپاہی تھے جن میں شرافت بھائی بھی شامل تھے۔

"سر یہ ہی وہ گٹر ہے جس میں قیدی نے خود کو چھپایا ہے"۔

انسپکٹر نے قریب آکر اپنے ہولسٹر سے ریوالور نکال لیا اور ہم دونوں کو ڈھکن پر سے ہٹنے کا اشارہ کیا۔ ہم جلدی سے ایک طرف ہٹ گئے۔ شرافت بھائی نے ہمارے قریب آکر سرگوشی کی۔ "تم لوگ بالکل خاموش رہنا۔ انسپکٹر صاحب کے سامنے بڑھ بڑھ کر باتیں کرنے کی ضرورت نہیں ہے"۔ آخری جملہ انہوں نے مجھے دیکھ کر ادا کیا تھا۔

"ہم سمجھ گئے ہیں شرافت بھائی"۔ شہاب نے منہ بنا کر کہا۔ "آپ یہ کارنامہ اپنے سر لینا چاہتے ہیں۔ اسی لیے آپ نے یہ سب چکّر چلایا ہے"۔

"نہیں نہیں شہاب یہ بات نہیں ہے"۔ شرافت بھائی نرم پڑ کر بولے۔ "دیکھو نا میں یہ چاہتا ہوں کہ میرا تبادلہ نور

پور ہو جائے۔ اس قیدی کو گرفتار کروا کر میں اپنے افسران اعلیٰ کی نظروں میں آ جاؤں گا۔ پھر اس طرح میری بات بھی بڑی آسانی سے مان لی جائے گی۔ یہ قیدی بہت زیادہ خطرناک ہے۔ اس نے کئی قتل کیے ہیں اور ڈاکوں کی کئی وارداتوں میں بھی ملوث ہے۔ اس کو گرفتار کروانے کے سلسلے میں میرا خیال ہے کہ مجھے نقد انعام بھی ملے گا۔ میں وعدہ کرتا ہوں کہ اس انعام کے حقدار تم دونوں ہی ہو گے۔ ان پیسوں سے تم خوب عیش کرنا۔ ذرا سوچو ایک لاکھ روپے اگر تم دونوں کو مل جائیں تو تم کیا کیا نہ کر سکو گے"۔

یہ کہہ کر شرافت بھائی وہاں سے کھسک گئے۔ ہمیں پتہ تھا کہ ایک لاکھ روپوں کی کثیر رقم کا لالچ ہماری زبان بند رکھنے کے سلسلے میں دیا گیا تھا۔ ہم تو یہ سوچ کر خوش ہو گئے تھے کہ چلو اس طرح ان کا تبادلہ ہمارے قصبے کے تھانے میں ہی ہو جائے گا۔ خدا کا یہ ہی بہت شکر تھا کہ ہم ان کی تلاش میں آئے تھے اور وہ ہمیں مل گئے۔ یہ ہی ہمارا انعام تھا۔

انسپکٹر اور دونوں سپاہی بڑے غور سے گٹر کے ڈھکن کو دیکھ رہے تھے۔ ایسا معلوم ہوتا تھا کہ جیسے انھیں کبھی کسی گٹر کے ڈھکن کو دیکھنے کا موقع نہ ملا ہو۔ وہ لوگ منتظر تھے کہ قیدی گٹر میں سے نکل آئے مگر جب کچھ دیر کے بعد بھی نہ تو ڈھکن اٹھا اور نہ قیدی باہر آیا تو انسپکٹر شرافت بھائی سے مخاطب ہوا۔

"شرافت وہ قیدی اتنا شریف ہرگز نہیں ہے کہ شرافت سے باہر آکر خود کو گرفتار کروا دے۔ تم ایسا کرو کہ اس ڈھکن کو اٹھاؤ"۔

"سر جی میں۔ میں اٹھاؤں اسے"۔ شرافت بھائی گھبرا کر بولے۔ "ایسا نہ ہو کہ وہ مجھے بھی پکڑ کر اندر گھسیٹ لے اور پھر یہ دھمکی دے کہ مجھے جانے دیا جائے ورنہ میں اس سپاہی کی گردن مروڑ دوں گا"۔

"بہت خوب"۔ انسپکٹر نے تعریفی انداز میں کہا۔ "یہ بات تو میں نے سوچی ہی نہ تھی۔ واقعی اگر اس نے تمہیں یرغمال بنا لیا تو پھر ہمارے پاس اس کے سوا کوئی چارہ نہ ہو گا کہ

ہم اسے جانے دیں"۔

شرافت بھائی داد طلب نظروں سے ہماری طرف دیکھنے لگے کہ جیسے انہوں نے کوئی بہت عقلمندی کی بات کہہ دی ہو۔ حالانکہ میں اور شہاب دونوں ہی سمجھ گئے تھے کہ شرافت بھائی اپنی فطری بزدلی کی وجہ سے ڈھکن کو ہاتھ لگانے سے گریز کر رہے ہیں۔ انسپکٹر سوچ میں پڑا ہوا تھا کہ قیدی کو باہر نکالنے کے لیے کیا کیا جائے کہ شہاب نے آگے بڑھ کر گٹر کا ڈھکن اٹھا دیا۔ انسپکٹر سنبھل کر کھڑا ہو گیا۔ جب تھوڑی دیر کے بعد بھی قیدی باہر نہ نکلا تو انسپکٹر کڑک کر بولا۔ "تمہیں چاروں طرف سے پولیس نے گھیر لیا ہے۔ سیدھی طرح باہر نکل کر خود کو گرفتاری کے لیے پیش کر دو"۔

مگر گٹر کے اندر سے کوئی آواز نہ آئی۔ ہمّت کر کے انسپکٹر نے دو قدم آگے بڑھ کر اندر جھانکا—وہ چند لمحے تک اندر کی طرف دیکھتا رہا پھر بولا۔ "قیدی اندر بے ہوش پڑا ہے۔ اس کی یہ بے ہوشی غالباً تازہ ہوا نہ ملنے کے سبب عمل میں آئی

ہے"۔

پھر انسپکٹر کے اشارے پر دونوں سپاہی قیدی کو گٹر میں سے نکالنے کی کوشش کرنے لگے۔

انسپکٹر شرافت بھائی کی پیٹھ ٹھونکتے ہوئے بولا۔

"شرافت میری تجربہ کار نگاہوں نے پہلے ہی تاڑ لیا تھا کہ تم میں ایک بہترین سپاہی بننے کی تمام تر صلاحیتیں موجود ہے۔ اسی لیے میں نے تمہیں مشورہ دیا تھا کہ تم پولیس میں بھرتی ہو جاؤ۔ خدا کا شکر ہے کہ میرے تمام اندازے درست نکلے۔ اس خطرناک قیدی کو گرفتار کروا کر تم نے اپنی پوشیدہ صلاحیتوں کو اجاگر کر دیا ہے۔ اس کارنامے کی بدولت حکومت تمہیں انعام بھی دے گی"۔

شرافت بھائی جب انسپکٹر کے ان تعارفی کلمات پر منہ ٹیڑھا کر کے مسکرائے تو میرا دل چاہا کہ ان کے منہ پر ایسا گھونسہ رسید کروں کہ انھیں چھٹی کا دودھ یاد آجائے مگر میں

خون کے گھونٹ پی کر خاموش ہو گیا۔ شہاب بھی کھڑا تلملا رہا تھا۔

―――――――

ایک لاکھ کا انعام

اگلے روز کے اخبارات میں اس خبر کی تفصیلات آ گئیں۔ اخبار والوں کو تو بس کوئی چٹ پٹی سی خبر مل جائے پھر تو وہ اس کے پیچھے ہی پڑ جاتے ہیں۔ محراب پور کے کئی روزناموں میں شرافت بھائی کی بہادری اور ذہانت کے واقعات کو بہت بڑھا چڑھا کر چھاپا گیا تھا۔ مختصر کہانی کچھ یوں تھی کہ سینٹرل جیل سے قتل اور ڈکیتیوں کی وارداتوں میں ملوث ایک خطرناک قیدی فرار ہو گیا تھا۔ اس کے فرار ہونے کا پولیس کو

بروقت پتہ چل گیا تھا۔ وہ جیل کی دیوار توڑ کر بھاگا تھا۔ پولیس اس کے پیچھے دوڑی۔ اسے دو طرف سے گھیرنے کی کوشش کی گئی تھی مگر الفلاح اسٹریٹ پر آکر وہ غائب ہو گیا۔ پولیس کو شک تھا کہ وہ کسی عمارت میں روپوش ہو گیا ہے لہذا عمارتوں کی تلاشی لی گئی مگر وہ نہ ملا۔

اس کے بعد شرافت بھائی کی کہانی شروع ہو گئی تھی۔

وہ کہانی کچھ یوں تھی کہ جب سپاہی واپس جانے لگے تو ایک سپائی شرافت حسین جو حال ہی میں محکمہ پولیس میں بھرتی کیا گیا تھا سوچنے لگا کہ جب وہ قیدی الفلاح اسٹریٹ سے غائب ہوا ہے تو پھر یقیناً یہیں ہو گا اور اس انتظار میں ہو گا کہ پولیس چلی جائے تو پھر وہ بھی آسانی کے ساتھ فرار ہو جائے گا۔ یہ سوچ کر شرافت ایک جگہ چھپ کر بیٹھ گیا۔ اچانک اس نے فٹ پاتھ پر ایک گٹر کے ڈھکن کو اٹھتے دیکھا اور فوراً سمجھ گیا کہ گٹر کے اندر ضرور قیدی موجود ہو گا۔ دراصل قیدی ڈھکن کو تھوڑا سا اٹھا کر یہ دیکھنا چاہ رہا تھا کہ اس کے فرار ہونے کے لیے حالات ساز

گا رہیں کہ نہیں۔ پھر اس سے پہلے کہ وہ باہر نکلتا۔ شرافت جا کر اس گٹر کے ڈھکن پر کھڑا ہو گیا۔ اتفاق سے اس کے دو بھائی جو قصبہ نور پور سے اپنے ماموں سے ملنے آئے تھے وہاں آ نکلے۔ شرافت نے دونوں کو پوری کہانی سنا کر انھیں اپنی جگہ کھڑا کیا اور خود انسپکٹر خلیل کو اطلاع دی جنہوں نے فوراً جائے وقوع پر پہنچ کر قیدی کو گرفتار کر لیا۔

شہاب اور میں یہ خبریں پڑھ پڑھ کر ہنستے رہے۔ میں نے کہا۔ "دیکھا شہاب۔ شرافت بھائی نے کس ڈھٹائی سے یہ کارنامہ اپنے سر منڈھ لیا ہے"۔

"مجھے تو لگتا ہے کہ اس واقعہ کی وجہ سے حسب خواہش ان کا ٹرانسفر نور پور میں کر دیا جائے گا۔ وہاں پر بڑے مزے آئیں گے"۔ شہاب نے کہا۔

"کچھ بھی ہو"۔ میں بولا۔ "اس واقعہ کے بعد ہم دونوں کی دھاک ان پر بیٹھ گئی ہے"۔

"ہاں بھائی دھاک تو ضرور بیٹھے گی"۔ عین اسی وقت

شرافت بھائی نے کمرے میں آ کر کہا۔ شاید انہوں نے میری بات سن لی تھی اور یہ سمجھے تھا کہ میں ان کی تعریف کر رہا ہوں۔ ہم دونوں ان کی طرف دیکھنے لگے تو وہ بولے۔ "بھئی وہ کم خطرناک مجرم تو نہ تھا۔ وہ تو یہ سمجھو کہ میں وہاں پہنچ گیا اور اسے گرفتار کروا دیا۔ ورنہ اگر وہ بچ کر نکل جانے میں کامیاب ہو جاتا تو محراب پور کی تاریخ میں پھر قتل و غارت گری کا بازار گرم ہو جاتا"۔

"بس بس رہنے دیں شرافت بھائی"۔ میں نے منہ بنا کر کہا۔ "اگر ہم وہاں موجود نہ ہوتے تو آپ کیا کر لیتے۔ آپ ہمارے سامنے تو اس طرح کی ڈینگیں نہ ماریں کیونکہ ہم دونوں پوری حقیقت سے باخبر ہیں"۔

شرافت بھائی نے آگے بڑھ کر میرے منہ پر ہاتھ رکھ دیا۔ "ابے شوکت۔ کیوں مجھے پھنسوائے گا۔ آہستہ بول۔ اگر کسی نے کچھ سن لیا تو مصیبت آ جائے گی"۔

عام حالت میں اگر شرافت بھائی کے سامنے اتنی اونچی

آواز میں گفتگو کر بیٹھتا تو وہ غصّے کے مارے ناچ ناچ پھرتے مگر اب وہ صرف اپنے مکرو فریب کی وجہ سے مجبور تھے کہ میری ہر بات سنیں۔ جو شخص دوسروں کو دھوکہ دے کوئی بھی اس کی عزت نہیں کرتا۔ شرافت بھائی نے بھی یہ ہی کچھ کیا تھا۔ اس لیے میرے اور شہاب کے دل میں ان کی پہلی جیسی عزت نہ رہی تھی۔ اس وقت ہم محراب پور کے پولیس اسٹیشن کی حدود میں بنے ہوئے سرکاری کوارٹر میں بیٹھے ہوئے تھے۔ یہ کوارٹر شرافت بھائی کو ملا ہوا تھا۔ دوپہر کے دو بج رہے تھے اور شرافت بھائی ہمارے لیے بازار سے کھانا لے کر آئے تھے۔ ہاتھ وغیرہ دھو کر ہم کھانا کھانے کے لیے بیٹھے۔ کھانے کے دوران شرافت بھائی نے کہا۔ ”تم دونوں شاید حیران ہو رہے ہو گے کہ میں پولیس والا کیسے بن گیا تو بھئی یہ بہت لمبی کہانی ہے۔ میں نے محراب پور آکر بہت دکھ اٹھائے ہیں۔ کڑکڑاتی سردیوں میں میں نے فٹ پاتھوں پر راتیں بسر کی ہیں۔ ایک روز سردی کے مارے مجھے نیند نہیں آرہی تھی۔ میں یونہی

سڑکوں پر گھومنے لگا مگر چند پولیس والوں نے مجھے آوارہ گردی کے الزام میں پکڑ کر لاک اپ میں بند کر دیا۔

جب میری پیشی انسپکٹر خلیل کے سامنے ہوئی تو میں نے انھیں اپنی ایک فرضی درد بھری کہانی سنا دی اور کہا کہ اگر مجھے کوئی نوکری مل جاتی اور کسی جگہ رہنے کا ٹھکانہ ہو جاتا تو میں کیوں راتوں کو سڑکوں پر گشت کرتا پھرتا۔ انسپکٹر خلیل بڑے اچھے آدمی ہیں۔ انہوں نے مجھے بٹھایا اور کہا کہ اگر میں پولیس میں بھرتی ہونا چاہوں تو وہ اس کے لیے کوشش کر سکتے ہیں۔ اندھا کیا چاہے دو آنکھیں۔ میں نے فوراً ہی حامی بھر لی۔ اس کے اگلے روز ہی مجھے تقرری کا پروانہ مل گیا اور رہائش کے لیے یہ کوارٹر بھی"۔

"مگر آپ کی تو عمر کافی کم ہے"۔ شہاب نے کہا۔

"میں اٹھارہ سال کا ہو چکا ہوں۔ سرکاری محکموں میں عمر کی حد اٹھارہ سال ہی ہے۔ اس کے علاوہ انسپکٹر خلیل بھی اسی عمر میں بحثیت سپاہی بھرتی ہوئے تھے۔ آج تم انھیں دیکھ لو۔

ان کی شکل دیکھ کر بڑے بڑے مجرموں کا پتّہ پانی ہو جاتا ہے"۔

"آپ کا مطلب ہے کہ ان کی شکل بہت خوفناک ہے"۔ میں نے چونک کر پوچھا۔ میری بات پر شرافت بھائی منہ پھاڑ کر ہنسنے لگے۔ زندگی میں میری کسی بات پر وہ پہلی مرتبہ ہنسے تھے۔ میں حیران ہونے لگا۔

"ویسے تمھیں یہ بات عجیب لگے گی کہ جس روز سے میں نے پولیس میں شمولیت اختیار کی ہے اس روز سے شہر میں جرائم کی رفتار کافی کم ہو گئی ہے۔ بہت تھوڑی وارداتیں ہوئی ہیں اس عرصے میں"۔

"شاید پہلے اس لیے زیادہ ہوتی ہوں کہ ان میں آپ کا ہاتھ رہتا ہو مگر اب تو آپ کو موقع ہی نہیں ملتا ہو گا"۔ میں نے شرارت سے مسکرا کر کہا۔

"دیکھ شوکت حد سے مت بڑھ۔ کوئی بھلا اپنے بڑے بھائی کو اس طرح کہتا ہو گا"۔ شرافت بھائی منہ بگاڑ کر بولے۔

"شرافت بھائی۔ یہ آپ کی وردی اتنی ڈھیلی ڈھالی کیوں ہے؟" شہاب نے اچانک پوچھا۔

"سپاہی کا یہ کام ہوتا ہے کہ وہ شہریوں کی جان اور مال کی حفاظت کرے۔ میں اس لیے یہاں بھرتی نہیں ہوا ہوں کہ فیشن کرتا پھروں۔ ویسے بھی میرے ساتھیوں نے مجھے مشورہ دیا تھا کہ میں وردیاں ڈھیلی ڈھالی ہی سلواؤں۔ وہ کہہ رہے تھے کہ تم چند روز میں ہی خوب موٹے ہو جاؤ گے۔ پولیس کی نوکری ہوتی ہی ایسی ہے"۔

"ابّا جان کو آپ کی یہ ملازمت ہرگز پسند نہیں آئے گی"۔ میں نے کہا۔ "ویسے بھی وہ آپ کے یوں گھر سے بھاگ جانے پر سخت ناراض ہو رہے تھے۔ ممکن ہے کہ آپ کو دیکھ کر وہ آپ پر ہاتھ چھوڑ بیٹھیں"۔

"وہ دن گئے جب خلیل میاں فاختہ اڑاتے تھے"۔ شرافت بھائی نے ہاتھ نچا کر کہا۔ "اب شرافت حسین پر کوئی ہاتھ نہیں اٹھا سکتا کیونکہ کسی سپاہی کو کوئی شخص مار پیٹ نہیں

سکتا۔ اگر سپاہی کو مارے پیٹے گا تو قید اور جرمانے کی سزا بھگتے گا"۔

میں چپ ہو گیا۔ کھانے کے بعد میں اور شہاب گھومنے پھرنے کے لیے نکل کھڑے ہوئے۔ عطا ماموں کے متعلق بھی صبح ہم نے پتہ کیا تھا۔ ان کے پڑوسیوں کی زبانی پتہ چلا کہ وہ ممانی کے ساتھ کسی دوسرے شہر گئے ہوئے ہیں۔ ہم شکر کرنے لگے کہ کل رات ہمیں شرافت بھائی مل گئے تھے۔ ان کی وجہ سے ہمیں رات گزارنے کا ٹھکانہ بھی میسر آگیا تھا۔ ورنہ ہم جانے کہاں کہاں مارے پھرتے۔

محراب پور چونکہ بے حد خوبصورت شہر تھا اس لیے ادھر ادھر گھومتے ہوئے ہم اس کی خوبصورتیوں میں اس قدر کھو گئے کہ ہمیں وقت گزرنے کا بھی احساس نہ رہا۔ ہوش میں تو اس وقت آئے جب دور کہیں گھنٹہ گھر سے چھ بجنے کا اعلان ہوا۔ شہاب نے چونک کر کہا۔ "شوکت۔ شرافت بھائی پریشان ہو رہے ہوں گے کہ ہم لوگ کہاں چلے گئے۔ چلو اب واپس

چلتے ہیں"۔

جب ہم اپنی قیام گاہ پر پہنچے تو شرافت بھائی مزے سے بستر پر بیٹھے ٹانگیں ہلا رہے تھے۔

"آؤ بھئی لگتا ہے تم لوگ گھومتے گھماتے کہیں دور نکل گئے تھے"۔ انہوں نے بڑی خوش اخلاقی کے ساتھ مسکرا کر کہا۔ "تمہیں بھوک تو یقیناً لگ رہی ہوگی"۔

ان کے چہرے پر غیر معمولی خوشی کے اثرات تھے۔ ہم سمجھ گئے کہ ضرور کوئی خاص بات ہوگی۔ میں نے کہا۔

"شرافت بھائی آج آپ اپنی ڈیوٹی پر نہیں گئے؟"۔

انہوں نے جواب دیا۔ "جب میں حاضری دینے کے لیے پولیس اسٹیشن پہنچا تو وہاں پر ایس پی فواد علی بھی موجود تھے۔ انسپکٹر خلیل صاحب نے میرا گزشتہ رات کا کارنامہ انھیں فون پر ہی بتا دیا تھا۔ وہ بہت خوش ہو رہے تھے۔ انہوں نے میری خوب تعریف کی۔ تم دونوں کو یہ سن کر خوشی ہوگی کہ مجھے ایک ہزار نقد انعام اور ایک تعارفی سند بھی ملی

ہے۔ اس کے علاوہ میری خواہش پر میرا تبادلہ نور پور بھی کر دیا گیا ہے۔ ہم کل صبح اپنے قصبے روانہ ہو جائیں گے"۔

"واہ"۔ میں نے خوش ہو کر کہا۔ "آپ کے وہاں چلے جانے سے امی بہت خوش ہوں گی"۔

"اور ابا جان بھی"۔ شرافت بھائی نے سینہ ٹھونک کر کہا۔ "جب میں انھیں وہ اخبارات دکھاؤں گا جو میری تعریف سے بھرے ہوئے ہیں تو ان کا سر فخر سے بلند ہو جائے گا۔ وہ بے ساختہ کہہ اٹھیں گے کہ ان کے دلیر اور ذہین بیٹے کو واقعی پولیس جیسے محکمے میں ہی ہونا چاہیے تھا تاکہ ان کے ملک سے مجرموں کا قلع قمع کر کے اسے امن وسکون کا گہوارہ بنادے"۔

"اچھا اب یہ باتیں چھوڑیئے"۔ میں نے ہاتھ اٹھا کر کہا۔ "ہمیں وہ انعام دیجیے جس کا آپ نے گزشتہ شب وعدہ کیا تھا"۔

"میں نے ایک لاکھ روپوں کا وعدہ کیا تھا"۔ وہ بڑی ڈھٹائی سے بولے۔ "تم دونوں کو ایک ہزار روپے کی حقیر رقم

دے کر میں تمہیں شرمندہ نہیں کرنا چاہتا۔ ویسے تم لوگ اطمینان رکھو۔ میں جلد ہی ڈی آئی جی صاحب کو ایک درخواست دینے والا ہوں کہ اتنے خطرناک قیدی کو جان جوکھوں میں ڈال کر گرفتار کروانے پر مجھے ایک لاکھ روپے فوراً ادا کرنے کی ہدایت کی جائے۔ مجھے جیسے ہی رقم ملے گی، بلا تاخیر تمہارے حوالے کر دوں گا"۔

آزمائش کی گھڑی

ہم تینوں اپنے قصبے میں پہنچ گئے تھے۔ پورے قصبے میں چرچا ہو گیا تھا کہ شفیق کا لڑکا پولیس میں بھرتی ہو گیا ہے۔ شرافت بھائی کا پچھلا ریکارڈ ٹھیک نہ تھا اس لیے قصبے کے بیشتر لوگوں نے انھیں پولیس والے کے روپ میں دیکھ کر ناک بھوں چڑھائی تھیں۔

ان کے آجانے سے امی جان کی خوشی اور مسرت دیکھنے سے تعلق رکھتی تھی۔ انہوں نے فوراً کچھ رقم غریبوں

میں تقسیم کی اور دیر تک شرافت بھائی کو پاس بٹھائے رکھا۔ شہاب اپنے گھر چلا گیا تھا۔ امی شرافت بھائی سے بولیں۔ ”شرافت تجھے واپس گھر لانے میں شہاب اور شوکت کا بہت بڑا حصّہ ہے۔ میں تو یہ سمجھ رہی تھی کہ یہ دونوں ہاتھ جھاڑتے ہوئے واپس آجائیں گے مگر انہوں نے تو تجھے واقعی ڈھونڈ نکالا“۔

”اگر یہ دونوں نہ بھی آتے تو میں یہاں خود ہی آ جاتا“۔ ہماری تعریف سے جل کر شرافت بھائی نے منہ بنا کر کہا۔

”جی نہیں“۔ میں نے تڑسے کہا۔ ”اگر ہم دونوں عطا ماموں کے فلیٹ پر نہ جا پہنچتے تو آپ کبھی بھی قیدی ....“۔ میری بات منہ میں ہی تھی کہ شرافت بھائی نے عجیب سا منہ بنا کر بڑی مسکینی سے میر طرف دیکھا۔ مجھے ان پر ترس آگیا اور میں خاموش ہو گیا۔ تھوڑی دیر بعد وہ بولے۔ ”امی میری تقرری مقامی تھانے میں ہوئی ہے۔ میں ذرا وہیں جا رہا ہوں۔

میری واپسی تک آپ کھانا تیار رکھیے گا"۔
ان کے جانے کے بعد امی کھانا پکانے میں لگ گئیں۔
میں اپنے کمرے میں آ کر لیٹ کر گزشتہ واقعات کے متعلق سوچنے لگا۔ میں سوچ رہا تھا کہ شرافت بھائی جیسا آدمی آخر کب تک پولیس کی نوکری کر سکے گا۔ پولیس میں تو خوش اخلاق، بہادر، ذہین اور ایماندار آدمیوں کی ضرورت ہوتی ہے۔ اور شرافت بھائی میں ان میں سے ایک بات بھی موجود نہ تھی۔ میں انہی خیالات میں کھویا جانے کب سو گیا۔
آنکھ امی جان کے اٹھانے پر کھلی تھی۔ وہ کھانا کھانے کا کہہ رہی تھیں۔ میں منہ ہاتھ دھو کر دسترخوان پر پہنچا تو شرافت بھائی پہلے سے وہاں موجود تھے۔ میں نے ان کے چہرے پر فکرمندی کے آثار دیکھے۔ تھوڑی دیر بعد ہم نے کھانا شروع کیا۔ شرافت بھائی بڑی بے دلی سے لقمے اٹھا رہے تھے۔ میں سوچنے لگا کہ آخر وہ کون سی بات ہے جس نے بھائی شرافت کو فکرمند کر دیا ہے۔ کھانے کے بعد ہم دونوں اوپر آ گئے۔ میں

نے کہا۔ "شرافت بھائی۔ آپ مجھے فکر مند نظر آرہے ہیں۔ خدا خیر کرے۔ کس مسئلے نے آپ کو الجھا دیا ہے"۔

"کچھ نہیں شوکت"۔ شرافت بھائی نے سر سے اپنی ٹوپی اتار کر میز پر رکھ دی۔ میں اس وقت کو کوس رہا ہوں جب میں نے انسپکٹر خلیل کے کہنے پر پولیس میں ملازمت کرنے کی حامی بھری تھی"۔

میں سنبھل کر بیٹھ گیا۔ "شرافت بھائی میں آپ کے منہ سے یہ کیا بات سن رہا ہوں۔ آپ کے کہنے کے مطابق تو یہ یہ بڑی عمدہ ملازمت تھی جس میں ترقی کے بے شمار مواقع میسّر ہیں۔ اب خیالات میں یہ تبدیلی کیسی؟"

شوکت جو اولاد اپنے ماں باپ کے کہنے میں نہیں ہوتی وہ ہمیشہ ذلیل و خوار ہوتی ہے"۔ شرافت بھائی نے بڑی اداسی سے کہا۔ "اگر میں ابا جان کی بات مان لیتا۔ پڑھ لکھ کر میٹرک کا امتحان پاس کر لیتا تو آج میری یہ حالت نہ ہوتی"۔

"مگر شرافت بھائی آخر ہوا کیا؟"

"ابھی میں تھانے گیا تھا کہ وہاں اطلاع دے دوں کہ میں محراب پور سے یہاں پہنچ گیا ہوں۔ شیخی میں آکر میں نے وہاں پر دن کی ڈیوٹی پر تعینات انسپکٹر کو یہ بھی بتا دیا کہ میں نے جرأت و بہادری سے کام لیتے ہوئے جیل سے بھاگے ہوئے ایک خطرناک قیدی کو گرفتار کروادیا تھا۔ وہ انسپکٹر جب میرے اس کارنامے پر خوش ہونے لگا تو میں نے مزید رعب جھاڑنے کے لیے اس سے یہ بھی کہہ دیا کہ مجھے اس کے عوض ہزار روپے بھی انعام میں ملے تھے۔ یہ سن کر اس نے فوراً ڈیوٹی پر موجود تمام سپاہیوں کو وہاں بلالیا اور میرا ان سے تعارف کروایا۔ میری بہادری کے اس واقعہ کو پولیس کی تاریخ میں سنہری باب قرار دیا اور پھر مجھ سے بولا۔ "اتنی سی عمر میں یہ حال۔ جب اور بڑے ہو جاؤ گے تو یقیناً مجرموں کی ناک میں دم کر دو گے۔ میں خوشی سے پھولے نہ سما رہا تھا کہ اس نے مزید کہا۔ "چلو اب سب کا منہ میٹھا کراؤ"۔ میں نے مجبوراً دس روپے کا نوٹ نکال کر دیا تو سب لوگ ہنس پڑے۔ انسپکٹر نے ہنستے

ہوئے میری خوب پیٹھ ٹھونکی اور بولا۔ "مان گئے بھئی۔ تم نہ صرف ذہین اور بہادر ہو بلکہ زندہ دل اور مزاح کی حس رکھنے والے بھی ہو"۔

میں نے کہا۔ "جی میں آپ کا مطلب نہیں سمجھا" تو وہ بولا۔ "مٹھائی کے کم سے کم سو روپے تو ہونے چاہئیں"۔

میں نے کہا۔ "تو شرافت بھائی یہ وجہ تھی جس کی وجہ سے آپ کا دل پولیس کی نوکری سے کھٹا ہو گیا ہے۔ ظاہر ہے آپ کو سو روپے گرہ سے ڈھیلے کرنے پڑ گئے ہوں گے"۔

"نہیں شوکت۔ اصل بات تو اب آئے گی۔ اس انسپکٹر نے کہا۔ شرافت ہمیں تمہارے جیسے بہادر نوجوان کی ضرورت تھی۔ آج کل چوروں اور ڈاکوؤں نے قصبے میں تہلکہ مچا رکھا ہے۔ مجھے یقین ہے کہ اگر تماری رات کی ڈیوٹی لگا دی جائے تو تم ان کو ضرور پکڑ کر قانون کے حوالے کر دو گے۔ شوکت اس انسپکٹر نے میری رات کی ڈیوٹی لگا دی ہے"۔

شرافت بھائی کا لہجہ بھرّا گیا تھا۔ وہ رونی سی صورت بنا

کر کھڑکی کی طرف دیکھنے لگے۔ مجھے ان پر ترس آنے لگا کیونکہ ان کی آزمائش کی گھڑی کا وقت آگیا تھا۔

─────────

پہرے داری

شام کو جب میری ملاقات شہاب سے ہوئی تو میں نے اسے شرافت بھائی کی اس مصیبت کا بتایا جسے سن کر وہ بہت ہنسا اور بولا۔ "جو لوگ شیخی مارنے کی عادت میں مبتلا ہوتے ہیں وہ اسی طرح کی دشواریوں میں پھنس جاتے ہیں۔ پھر بھی چونکہ شرافت بھائی کو اپنی غلطیوں کا احساس ہو گیا ہے اس لیے ہمیں سوچنا چاہیے کہ ان کی کیا مدد کی جا سکتی ہے۔"

"مدد کا تو یہ ہی ایک طریقہ ہے کہ کہ ہم بھی رات کو

ان کے ساتھ گشت پر نکلا کریں"۔

"یہ ٹھیک رہے گے"۔ شہاب خوش ہو کر بولا۔

"دراصل نیا نیا معاملہ ہے اس لیے شرافت بھائی کا خوفزدہ ہونا بھی بجا ہے۔ مگر جب انھیں راتوں کو گشت کرتے ہوئے تھوڑا عرصہ گزر جائے گا تو وہ اس کے عادی ہو جائیں گے۔ ڈر ان کے دل سے نکل جائے گا"۔

"مگر حب ہم نے یہ رضا کارانہ تجویز شرافت بھائی کے سامنے رکھی تو وہ ہتھے سے ہی اکھڑ گئے۔ "شوکت"۔ انہوں نے گرج کر اپنی خشمگیں نگاہوں سے مجھے دیکھا۔ "تمہیں اتنی جرأت کیسے ہوئی کہ تم اتنی احمقانہ بات مجھ سے کہو"۔ پھر انہوں نے شہاب کی طرف نظریں گھمائیں۔ "کیا تم دونوں مجھے بزدل سمجھتے ہو؟"

"نہیں شرافت بھائی۔ یہ بات نہیں ہے۔ ہم آپ کو بزدل ہرگز نہیں سمجھتے۔ ہم نے تو یہ سوچ کر یہ بات کہی تھی کہ چونکہ آپ کو پہلے کبھی رات کو گھر سے نکل کر قصبے کی پہرے

داری نہیں کرنا پڑی تھی اس لیے ہم آپ کے ساتھ ہوتے تو اچھا تھا۔ یہ چور ڈاکو بڑی ظالم شے ہوتے ہیں۔ منٹوں میں آدمی کی تکا بوٹی کر ڈالتے ہیں"۔

شہاب کی بات سن کر شرافت بھائی کے چہرے پر ایک رنگ سا آ کر گزر گیا۔ وہ ہونٹوں پر زبان پھیر کر پھیکی سی مسکراہٹ کے ساتھ بولے۔ "شہاب مجھے خوفزدہ کرنے کی کوشش مت کرو۔ یہ بات میں اچھی طرح جانتا ہوں کہ اپنی حفاظت کس طرح کی جاسکتی ہے"۔

جب شرافت بھائی اٹھ اکر چلے گئے تو شہاب نے معنی خیز انداز میں کہا۔ "شوکت ضرور دال میں کچھ کالا ہے۔ شرافت بھائی کی اس دلیری کے پیچھے کوئی بہت گہرا راز ہے"۔

سمجھ تو میں بھی گیا تھا کہ بھائی شرافت کسی وجہ سے ہی اتنی بہادری دکھا رہے ہیں اس لیے میں نے کہا۔ "اور اس راز سے ہم پردہ اٹھا کر رہیں گے"۔

شام کی سرمئی جلد ہی رات کی سیاہی تبدیل ہو گئی۔

کھانے وغیرہ سے فارغ ہو میں تو امی کے بستر میں ہی دبک گیا تھا۔ شرفت بھائی بھی وہیں کرسی پر بیٹھے کچھ سوچ رہے تھے۔ امی ان کی طرف دیکھ رہی تھیں۔ تھوڑی دیر بعد وہ بولیں۔ ”بیٹا تمہیں گیارہ بجے ڈیوٹی پر جانا ہے۔ تھوڑی دیر کے لیے سو جاؤ۔ میں تو کہتی ہوں آگ لگے ایسی نوکری کو۔ تم نے بھی کہاں جان پھنسالی ہے“۔

”امی جان ایسا مت کہیے“۔ شرافت بھائی جیسے بلبلا اٹھے۔ ”آپ ہی سوچئے اگر تمام مائیں اپنے بیٹوں کو پولیس میں جانے سے روک دیں تو معصوم شہریوں کی جان و مال کی حفاظت کیسے ہو گی۔ آپ کو خوش ہونا چاہیے کہ آپ کا بیٹا ملک و قوم کی خدمت کر رہا ہے۔ یہ کتنی اچھی بات ہے کہ میری اس خدمت کا صلہ دنیا میں بھی ملے گا اور آخرت میں بھی“۔

اس اخلاقی تقریر سے امی متاثر ہوئی ہوں تو ہوئی ہوں۔ مجھے تو غصّہ آنے لگا تھا۔ پونے گیارہ بجے تک شرافت بھائی نے ادھر ادھر ٹہلتے ہوئے وقت گزارا۔ اس کے بعد وہ

جانے کے لیے اٹھ کھڑے ہوئے۔

"امی اب میں جارہا ہوں۔ سب سے پہلے میں تھانے جاؤں گا۔ وہاں سے گشت پر نکل جاؤں گا۔ آپ میری طرف سے بے فکر رہیے گا۔ خدا تعالیٰ نے چاہا تو مجھ پر ذرا سی بھی آنچ نہیں آئے گی:۔

"تمہارے ساتھ کوئی اور سپاہی بھی ہو گا کیا؟" امی نے پوچھا۔

"جی نہیں ہمارا قصبہ ویسے بھی بہت چھوٹا ہے۔ اس کے دو حصّے کر دیے گئے ہیں۔ ایک حصّے میں میری ڈیوٹی ہے۔ دوسرے حصّے میں دوسرے سپاہی کی۔ ہم اپنے اپنے علاقے کی دیکھ بھال کریں گے"۔

یہ تمام گفتگو میں نے سیڑھیوں کے پاس چھپ کر سنی تھی۔ میں ساڑھے دس بجے امی سے یہ کہہ کر اپنے کمرے میں آ گیا تھا کہ میں سونے جارہا ہوں۔ ظاہر ہے مجھے سونا نہیں تھا۔ میرا اور شہاب کا تو یہ پروگرام تھا کہ ہم شرافت بھائی کے پیچھے

جائیں گے تاکہ یہ دیکھ سکیں کہ وہ کیا کرتے ہیں۔

"اچھا امی خدا حافظ۔ آپ دروازہ بند کر لیجیے"۔

شرافت بھائی کی آواز میرے کانوں میں آئی۔

"شرافت میرا دل دھڑک رہا ہے"۔ امی نے گھبرائے ہوئے لہجے میں کہا۔ "میں تمہیں یہ نوکری نہیں کرنے دوں گی"۔

"پھر وہی بات"۔ شرافت بھائی تنک کر بولے۔ "امی انسپکٹر نے میری رات کی ڈیوٹی اس لیے لگائی ہے کہ میں نے کمال جرأت سے کام لیتے ہوئے ایک نہایت خطرناک قیدی کو گرفتار کروادیا تھا۔ اس رات کی ڈیوٹی سے تو میں بھی بہت مطمئن ہوں۔ میرے ہوتے ہوئے کس چور کی مجال ہے کہ وہ اپنا کام دکھا جائے۔ چلیئے آپ دروازے کی کنڈی لگا لیجیے"۔

امی بڑبڑاتی ہوئی ان کے پیچھے چلی گئیں۔ میں تیزی سے زینے طے کرتا ہوا نیچے آیا۔ برامدے سے گزر کر پھر میں صحن میں ایک جگہ چھپ گیا تھا۔ امی نے شرافت بھائی کے

جانے کے بعد دروازہ بند کیا اور خاموشی سے صحن عبور کر کر گھر میں چلی گئیں۔ پھر جب انہوں نے اندر کی بھی کنڈی لگالی تو میں پھرتی سے اٹھ کھڑا ہوا۔ ہمارے صحن کی دیواریں زیادہ اونچی نہ تھیں۔ میں اچک کر دیوار پر چڑھا اور گلی میں کود گیا۔ شرافت بھائی مجھے گلی کے نکڑ پر نظر آئے تھے۔ وہ تیز تیز قدموں سے سر جھکائے چلے جا رہے تھے۔ میں نے قدم آگے بڑھائے۔ جب گلی کے نکڑ پر پہنچا تو ایک سایہ میری طرف بڑھا۔ یہ شہاب تھا۔ شہاب کو میں نے بتا دیا تھا کہ شرافت بھائی پونے گیارہ بجے تک گھر سے نکلیں گے اس لیے وہ مجھے گلی کے نکڑ پر مل جائے۔ حسب وعدہ وہ وہاں آگیا تھا۔

"شہاب تمہیں گھر سے آنے میں دقت تو پیش نہیں آئی تھی؟" میں نے اس سے پوچھا۔

"نہیں۔ سردیوں کی وجہ سے سب گھر والے جلدی سو جاتے ہیں۔ ویسے بھی میرا الگ کمرہ ہے۔ کمرے کی کنڈی لگا کر میں کھڑکی کے ذریعے باہر آگیا تھا"۔

سردی اپنے شباب پر تھی۔ اس لیے ہم دونوں نے اس بات کا خاص خیال رکھا تھا کہ ہمارے جسموں پر خوب گرم کپڑے ہوں۔ رات بہت تاریک تھی۔ ہمارے قصبے میں اگرچہ بجلی تھی مگر اسٹریٹ لائیٹ نام کی کوئی شے وہاں نہ تھی۔ لوگوں کے گھروں کی کھڑکیاں بھی بند تھیں۔ اس لیے ذرا سی بھی روشنی کا سوال ہی پیدا نہ ہوتا تھا۔ اس بات سے ہمیں کافی اطمینان تھا کہ چونکہ چاروں طرف اندھیرا ہے اس لیے شرافت بھائی کی نظریں ہم پر نہیں پڑیں گی۔ بالفرض محال اگر وہ گھوم کر دیکھتے بھی تو ہماری شکلیں تو نہیں البتہ ہمارا ہیولا وہ ضرور دیکھ لیتے۔ مگر ہمیں اس کی پرواہ نہیں تھی کیونکہ اس بات سے پہچانے جانا کا خدشہ نہیں تھا۔

شرافت بھائی ہم سے تقریبا دو سو گز کے فاصلے پر تھے۔ وہ تیز تیز قدموں کے ساتھ تھانے کی طرف جارہے تھے تاکہ وہاں حاضری لگا کر گشت پر نکل جائیں۔ ان کی تیز رفتاری دیکھ کر ہم نے بھی اپنی رفتار تیز کردی تھی۔ مگر شاید ہم کچھ

زیادہ ہی تیزی دکھا گئے تھے۔ کیونکہ ہمارے اور شرافت بھائی کے درمیان والا فاصلہ کم ہو گیا تھا۔ اچانک ہمیں شرافت بھائی کے شانوں کے اوپر کوئی چیز حرکت کرتی محسوس ہوئی جو کہ یقیناً ان کا سر ہی تھا۔ وہ لمحہ بھر کو ٹھٹھکے۔

"شوکت۔ وہ ہماری طرف دیکھ رہے ہیں"۔ شہاب نے سرگوشی کرتے ہوئے کہا۔ ہم دونوں غیر ارادی طور پر اپنی جگہ کھڑے ہو گئے۔ ہمیں کھڑے ہوتے دیکھ کر شرافت بھائی یہ سمجھے کہ ہم ان کے پیچھے لگے ہوئے ہیں۔ ان کے منہ سے چند بے ربط اور عجیب و غریب سی آوازیں نکلیں اور دوسرے ہی لمحے وہ ناک کی سیدھ میں سرپٹ دوڑنے لگے۔ ان کی اس حرکت پر میرا اور شہاب کا ہنس ہنس کر برا حال ہو گیا تھا۔

"شوکت"۔ کچھ دیر بعد شہاب نے ہنسی ضبط کر کے کہا۔ "پہرے داری پر اگر ایسا جیالا سپاہی ہو تو کون چور ڈاکو ہو گا جو اسے نقصان پہنچانے کی سوچے گا"۔

جب تک شرافت بھائی کی رات کی ڈیوٹی رہے گی اس وقت تک ہمارے قصبے والوں کی جان اور مال دونوں سخت خطرے میں رہیں گے"۔ میں نے کہا۔

"اور کیا۔ ان سے اپنی جان تو سنبھالے نہیں جا رہی۔ دوسروں کی جان کی حفاظت وہ خاک کریں گے"۔ شہاب نے منہ بنا کر کہا۔ "چلو اب دوسرا راستہ اختیار کر کے تھانے کی طرف چلو۔ اس راستے سے گئے تو کہیں پھنس نہ جائیں"۔

"پھنسیں گے کیوں؟" میں نے حیرانی سے پوچھا۔

"شرافت بھائی اتنی تیز رفتاری سے بھاگے تھے کہ اس بات میں قطعی کسی شک و شبہے کی گنجائش نہیں کہ وہ تھانے پہنچ گئے ہوں گے۔ وہاں وہ کہیں گے کہ انہوں نے دو مسلّح ڈاکوؤں کو دیکھا ہے جو قصبے میں گھومتے پھر رہے ہیں۔ ہم لوگ خواہ مخواہ دھر لیے جائیں گے"۔ شوکت نے کہا۔

"اس کی تم فکر نہ کرو"۔ میں بولا۔ ان میں اتنی ہمّت نہیں ہے کہ وہ کسی خطرناک آدمی کی شکایت کر کے اس سے

دشمنی مول لیں"۔

میرا خیال درست ہی تھا۔ ہم بخیر و خوبی تھانے کے قریب پہنچ گئے تھے۔ تھانے سے کچھ فاصلے پر ہم رک گئے اور خود کو درختوں کے پیچھے چھپا لیا۔ تھانے کی عمارت تین کمروں پر مشتمل تھی اور اب دو کمروں کے چاروں طرف چار چار فٹ کی دیوار تعمیر کر دی گئی تھی۔

کمروں کے باہر دھندلی روشنی کے بلب لگے ہوئے تھے۔ ان میں سے ایک کمرے کی کھڑکی کھلی ہوئی تھی۔ اس میں سے ہمیں تین آدمیوں کے سر نظر آ رہے تھے۔ ایک غالبا انسپکٹر تھا۔ دوسرے دونوں پولیس والے تھے۔ ان میں سے ایک شرافت بھائی تھے۔ انسپکٹر انھیں کچھ سمجھا رہا تھا۔ شرافت بھائی کی گردن بار بار بڑی فرمابرداری سے ہلتی جا رہی تھی۔

تھوڑی دیر کے بعد شرافت بھائی کمرے سے باہر نکلے۔ ان کے ساتھ وہ دوسرا سپاہی بھی تھا۔ شہاب کہنی سے مجھے ٹہوکا دے کر بولا۔ "شوکت تیار ہو جاؤ۔ دونوں سپاہی اب گشت پر

روانہ ہو رہے ہیں"۔

میں نے شہاب کا بازو دبا کر کہا۔ "میں تیار ہوں۔ مگر شہاب تم بہت دھیان رکھنا کہ شرافت بھائی سے کچھ فاصلے پر رہو۔ ان کے پاس اب لاٹھی بھی آگئی ہے۔ ایسا نہ ہو کہ وہ چور سمجھ کر تم پر ہی پل پڑیں"۔

"تم فکر مت کرو۔ شرافت بھائی کی فطرت سے میں اچھی طرح واقف ہوں۔ اگر ایسا موقع آ بھی گیا تو اتنی زور سے چیخ ماروں گا کہ وہ گھبرا کر اپنی لاٹھی مجھے تھما دیں گے کہ اچھا لو تم ہی مار لو"۔

"شرافت بھائی کا مذاق اتنی بیدردی سے مت اڑاؤ۔ کچھ بھی ہو وہ میرے بھائی ہیں۔ دل دکھتا ہے"۔

شہاب ہنس کر خاموش ہو گیا۔ شرافت بھائی اور وہ سپاہی تھانے کے احاطے سے باہر نکل آئے۔ تھانے سے تھوڑی دور آ کر دونوں نے ایک دوسرے سے ہاتھ ملایا اور پھر دو مختلف سمتوں میں روانہ ہو گئے۔ جب وہ دونوں کچھ دور آگے نکل گئے

تو ہم بھی درختوں کے پیچھے سے نکلے اور آہستہ آہستہ شرافت بھائی کے پیچھے چل دیے۔ شرافت بھائی بار بار پیچھے مڑ کر دیکھ رہے تھے۔ مگر ہم نے اپنے اور ان کے درمیان کافی فاصلہ رکھا ہوا تھا اس لیے وہ کوشش کے باوجود بھی ہمیں نہیں دیکھ سکتے تھے۔ سردی کی وجہ سے قصبے کے آوارہ کتے بھی کونے کھدروں میں دبکے پڑے تھے۔ اس لیے ان کے بھونکنے کی آوازیں بھی سنائی نہیں دے رہی تھیں۔ چلتے چلتے شہاب بولا۔ "یار شوکت دیکھنا۔ شرافت بھائی کے ارادے نیک معلوم نہیں دیتے۔ پولیس کا سپاہی ایسے گشت تو نہیں کرتا۔ یوں معلوم دے رہا ہے کہ جیسے شرافت بھائی مہمانوں کی اچانک آمد پر بازار سے جلدی جلدی سودا سلف لینے جا رہے ہیں"۔

"یہ آخر جا کہاں رہے ہیں؟" میں نے بڑبڑا کر کہا۔ "یہ راستہ تو پہاڑوں کی طرف جاتا ہے"۔

ہمیں چلتے چلتے تقریباً پندرہ منٹ ہو گئے تھے۔ اچانک ہم نے اپنے دائیں طرف سے ایک سائے کو دیکھا جو لمبے لمبے

ڈگ بھرتا ہوا شرافت بھائی کی طرف جارہا تھا۔ اس کے چمڑے کے بوٹ زوردار آواز پیدا کر رہے تھے جو دور دور تک سنی جا سکتی تھی۔ وہ سایہ جب شرافت بھائی کے قریب پہنچا تو ہمیں شرافت بھائی کی سناٹے کو چیرتی ہوئی خوفزدہ آواز سنائی دی۔

"کک۔ کون ہے بھائی!"

"اوئے گھبرامت یہ میں ہوں خیر دین"۔ سائے نے کہا۔ وہاں پر ایک جگہ کوڑے کا ڈھیر پڑا تھا۔ ہم دونوں اس کے پیچھے چھپ گئے۔ خیر دین شرافت بھائی کے پاس جاکر ٹھہر گیا۔ یہ وہ ہی سپاہی تھا جو شرافت بھائی کے ساتھ تھانے سے نکلا تھا۔

شرافت بھائی بولے۔ "خیر دین تم تو خاصے ذہین آدمی ہو۔ اچھا ہوا جو تم تھانے کے باہر مجھ سے الگ چلے گئے تھے۔ وہ انسپکٹر کا بچہ ہمیں کھڑکی میں سے دیکھ رہا تھا۔ اگر ہم ساتھ ساتھ جاتے تو اسے شک ہو جاتا"۔

اپنی تعریف پر خیر دین بہت خوش ہوا۔ بولا۔ "ابھی تو بچہ ہے۔ ہمارے ساتھ رہے گا تو ہر گر سیکھ لے گا"۔

شرافت بھائی بڑی خوشامد سے بولے۔ "بس خیر دین مجھے تمھارے تعاون کے سوا کچھ نہیں چاہیے"۔

ہم دونوں یہ سمجھ رہے تھے کہ وہ پہاڑوں کی جانب جائیں گے مگر وہ ایک قریبی ٹوٹے پھوٹے سے گھر میں گھس گئے۔ گھر کا دروازہ بند ہوا تو ہم دونوں لپک کر اس کے قریب پہنچ گئے۔ بند دروازے کے پیچھے سے شرافت بھائی کی کپکپاتی سی آواز آئی۔ "خیر دین یہاں تو بہت اندھیرا ہے"۔

خیر دین ہنس کر بولا۔ "میاں تیس روپے مہینہ میں کیا یہاں پر ٹیوب لائٹیں لگوانا چاہتے ہو"۔

پھر ایسا معلوم دیا کہ جیسے وہ کہیں پر بیٹھ گئے ہوں۔ "بھوک لگ رہی ہے"۔ خیر دین کی آواز آئی۔ "کچھ کھانے وانے کو لائے ہو؟"

ہاں۔ کافی چیزیں ہیں۔ ابلے ہوئے انڈے، کباب اور حلوہ"۔ شرافت بھائی نے بڑے فدویانہ انداز میں کہا۔

"واہ مزہ آگیا۔ بھئی تم تو بہت کام کے آدمی نکلے"۔

خیر دین نے خوشی سے چہک کر کہا۔

"پولیس کی نوکری تو بہت شاندار اور آرام دہ ہوتی ہے"۔ شرافت بھائی نے چند لمحے بعد کہا۔ "یا پھر یہ میری خوش قسمتی ہے کہ مجھے اتنی عمدہ جگہ رکھا گیا ہے۔ تھانے جا کر حاضری لگاؤ اور یہاں آکر سو جاؤ"۔

"تم اگر یہاں نہ آتے کہیں اور ہوتے تو وہاں بھی اس طرح کی کئی صورتیں پیدا ہو سکتی تھیں"۔ خیر دین بولا۔

شاید وہ کھانا کھانے لگا تھا۔ شرافت بھائی سے کہنے لگا۔

"آؤ تم بھی کھاؤ"۔

"نہیں بھائی بس تم ہی کھاؤ۔ مجھے تو نیند آرہی ہے"۔ شرافت بھائی نے جمائی لے کر کہا۔ "بس صبح اتنی مہربانی کرنا کہ اذان سے پہلے مجھے اٹھا دینا۔ ایسا نہ ہو کہ میں سوتا ہی رہوں"۔

"اس کی تم فکر مت کرو۔ آرام سے سو جاؤ"۔ خیر دین نے کہا۔ پھر غالباً وہ کھانے کی طرف متوجہ ہو گیا تھا اور شرافت بھائی سونے کے لیے لیٹ گئے تھے۔ کیونکہ اس کے بعد ان میں

سے کسی کی کوئی آواز سنائی نہیں دی تھی۔ ہم دونوں وہاں سے ہٹ گئے۔

شہاب کی گمشدگی

کچھ دور جانے کے بعد میں نے دانت پیس کر کہا۔
"آدمی کتنا ہی ذلیل کیوں نہ ہو مگر اسے روزی تو حلال کی کھانا چاہیے۔ ان لوگوں کو حکومت تنخواہ اس لیے دیتی ہے کہ یہ شہریوں کی جان اور مال کی حفاظت کریں۔ ان لوگوں نے تو دوسرا ہی طریقہ شروع کر دیا ہے"۔

"قصبے میں چوریوں کی واردات کی اصل وجہ یہ ہی ہے کہ سپاہی گشت پر ہونے کے باوجود گشت پر نہیں ہوتے۔ اب تم

اندونوں کو ہی دیکھ لو۔ کیسے مزے سے پڑے سو رہے ہیں۔ وہ گھر خیر دین کا ہو گا۔ شرافت بھائی سے اس نے تیس روپے ماہوار اس لیے لیے ہوں گے کہ وہ ہر روز رات کو وہاں آ کر سو جایا کریں۔ وہ انسپکٹر آخر کس لیے ہے۔ اسے چاہیے کہ اپنے سپاہیوں کی خبر رکھا کرے کہ وہ گشت پر ہیں یا کہیں اور"۔ شہاب نے چڑ کر کہا۔

"اب تم کہاں جا رہے ہو؟" میں نے دفعتاً پوچھا۔

"گھر"۔ شہاب نے مختصر سا جواب دیا۔

"مگر میں تھانے جانا چاہتا ہوں"۔ میں نے سنجیدگی سے کہا۔

"کیوں؟" شہاب نے حیرت سے پوچھا۔

"یہ سوال بالکل بے معنی ہے"۔ میں بولا۔ "ہم نے اس چیز کو خود اپنی آنکھوں سے دیکھا ہے کہ پولیس کے دو سپاہی اپنی ڈیوٹی انجام دینے کے بجائے آرام کر رہے ہیں۔ اگر ہم نے اس بات سے پردہ پوشی کی تو اس کا یہ مطلب ہو گا کہ ہم

ایک جرم کی اعانت کر رہے ہیں۔ شرافت بھائی لاکھ میرے بھائی ہوں۔ مگر میں یہ قطعی برداشت نہیں کر سکتا کہ وہ کسی بھی قسم کی بدعنوانی کے مرتکب ہوں"۔

"شوکت تمہاری اس بات نے مجھے بہت متاثر کیا ہے"۔ شہاب دھیرے سے بولا۔ "واقعی ہر اچھے شہری کا یہ فرض بنتا ہے کہ وہ بری باتوں کے خاتمے کے لیے کوشش کرے"۔

ہمارا رخ تھانے کی طرف ہو گیا۔ ہم دونوں خاموشی سے اپنا فاصلہ طے کر رہے تھے۔ تھانہ وہاں سے تقریباً ایک میل دور تھا۔ ہمیں یقین تھا کہ اگر ہم اس رفتار سے چلتے رہے تو پندرہ بیس منٹ میں وہاں پہنچ جائیں گے۔ رات تاریک اور سرد تھی۔ ہمارے جسموں سے ٹھنڈی ہوا ٹکرا کر ہمارے جسم میں کپکپی پیدا کر رہی تھی۔

"یار میری ناک تو برف کا ٹکڑا بن گئی ہے"۔ شہاب نے اپنے چہرے پر ہاتھ پھیر کر کہا۔

"چلتے رہو۔ ہو سکتا ہے تھانے میں ہمیں گرما گرم چائے کی پیالیاں مل جائیں"۔ میں نے کہا۔

"اور تاپنے کے لیے آگ بھی"۔ شہاب خوش ہو کر بولا۔

ہم نے ابھی تھوڑا ہی فاصلہ ہی طے کیا تھا کہ اچانک شہاب اپنی جگہ ٹھٹھک کر کھڑا ہو گیا۔

"ابے یار شوکت"۔ اس نے حیرت آمیز لہجے میں کہا۔

"یہ میجر صاحب کی کوٹھی میں روشنی کیسی ہو رہی ہے؟"

میں نے منہ اٹھا کر دیکھا۔ میجر مشتاق کی خوبصورت کوٹھی تاریکی میں ڈوبی ہوئی تھی۔ صرف اوپری منزل کے ایک کمرے میں روشنی ہو رہی تھی۔

"تمہیں اس پر حیرت کیوں ہے؟' میں نے منہ بنا کر پوچھا۔ "میجر صاحب کو مطالعے کا شوق ہے۔ کچھ پڑھ رہے ہوں گے۔ ویسے بھی آدمی بوڑھا ہو جائے تو نیند سے بیزار ہو جاتا ہے"۔

"مجھے نہیں پتہ تھا کہ تم نفسیات میں بھی ماہر ہو"۔ شہاب نے ہاتھوں کو ایک دوسرے سے رگڑتے ہوئے کہا۔ "اس روشنی پر میں اس لیے چونکا تھا کہ میجر صاحب آج رات گھر پر نہیں ہیں۔ ان کے سب سے چھوٹے لڑکے کی آج شادی ہے۔ وہ اپنے دونوں نوکروں کے ساتھ شہر گئے ہوئے ہیں"۔

"اچھا"۔ میں نے کہا۔ "مگر ہو سکتا ہے وہ لڑ جھگڑ کر وہاں سے چلے آئے ہوں۔ سنا ہے۔ میجر صاحب بہت غصیلے آدمی ہیں"۔

"ناممکن"۔ شہاب بڑبڑایا۔ "ایسا نہیں ہو سکتا۔ شوکت یہ کوئی اور ہی چکر معلوم دیتا ہے"۔

"کیا مطلب؟" میں چونک سا گیا۔

"وہ دیکھو۔ ان کی چار دیواری کے قریب کیا ہے"۔ اس نے ایک طرف اشارہ کر کے کہا۔ میں نے جلدی سے اس طرف دیکھا۔ "ارے یہ تو ناظم کا منی ٹرک ہے"۔ میرے منہ سے بے ساختہ نکلا۔ "یہ یہاں کیا کر رہا ہے؟"

"کون ٹرک یا ناظم؟" شہاب نے ہونٹ بھینچ کر کہا۔

"دونوں ہی"۔ میں بولا۔

"اندر کوٹھی میں ضرور ناظم ہی ہو گا"۔ شہاب نے کہا۔ "اسے نورے کی زبانی پتہ چل گیا ہو گا کہ آج رات کوٹھی میں تالا پڑا ہو گا۔ اس لیے ناظم نے موقع غنیمت جان کر اس میں چوری کرنے کا پروگرام بنا لیا ہو گا"۔

"یہ تو تمہیں پتہ ہی ہو گا کہ میجر صاحب کو پرانے زمانے کے نوادرات جمع کرنے کا جنون کی حد تک شوق ہے۔ ان کے پاس ایسی ایسی بیش قیمت چیزیں ہیں جن کو فروخت کر کے لاکھوں روپے حاصل کیے جا سکتے ہیں"۔

"نہ صرف مجھے"۔ شہاب نے کہا۔ "بلکہ سارے قصبے والوں کو بھی اس بات کا پتہ ہے۔ ان کا دوسرا نوکر یاسین بہت باتونی ہے۔ سب کو یہ بات اسی کی زبانی پتہ چلی ہے"۔

"ناظم تو ہے ہی اوباش قسم کا انسان۔ وہ کسی ایسے ہی موقع کی تلاش میں ہو گا"۔ میں نے نفرت سے کہا۔ اس کا

گھونسہ مجھے آج بھی یاد تھا اور وہ بے عزتی بھی جو اس نے اس روز سڑک پر کی تھی جب میں اور ابا جان شرافت بھائی کی تلاش میں اسٹیشن جا رہے تھے۔ حالانکہ شہاب نے اس بات کا بدلہ لے لیا تھا مگر اب ناظم کے منی ٹرک کو دیکھ کر میرا وہ زخم پھر سے ہرا ہو گیا تھا۔

"اس ناظم کے بچے کو سبق دینے کا یہ نادر موقع ہے"۔ میں نے دانت پیس کر کہا۔ "شہاب میرے ساتھ آؤ"۔

ہم دونوں کوٹھی کے پھاٹک کی طرف بڑھے۔ وہ کھلا ہوا تھا۔ ہم دونوں اندر داخل ہو گئے۔ مگر ابھی ہم نے چند قدموں کا فاصلہ ہی طے کیا تھا کہ اوپر سے کسی نے للکار کر کہا۔ "کون ہے؟"

ہماری نظریں بے اختیار اوپر کی طرف اٹھ گئیں۔ اوپر کھڑکی میں سے کوئی جھانک کر ہمیں دیکھ چکا تھا۔ ہم دونوں الٹے پیروں پھاٹک کی طرف بھاگے۔

"ٹھہر جاؤ ورنہ گولی مار دوں گا"۔ یہ آواز نورے کی

تھی۔ میں لمحے کے لیے ٹھٹھکا ہی تھا کہ میں نے شہاب کی دبی دبی آواز سنی۔ "شوکت رکنا مت"۔

یہ سنتے ہی میں پھاٹک سے باہر نکل گیا۔ مگر عین اسی وقت ایک دھماکہ ہوا۔ یہ دھماکہ ریوالور کا تھا۔ گولی میرے سر سے صرف چند انچ کے فاصلے سے گزر گئی تھی۔ میں اپنے دائیں طرف مڑ کر بے تحاشہ بھاگنے لگا۔

کچھ دور جا کر چند بڑے بڑے درخت آ گئے تھے۔ میں نے خود کو ان کے تنوں کے پیچھے چھپالیا اور زور زور سے ہانپنے لگا۔ قسمت نے یاوری کی تھی ورنہ گرم گرم لوہا میر ٹھنڈی کھوپڑی میں اتر چکا ہوتا۔ میرا ہاتھ بے اختیار اپنے سر پر پہنچ گیا۔ مجھے نورے اور ناظم پر شدت سے تاؤ آنے لگا۔ وہ اتنے ظالم ہو گئے تھے کہ انسانی جان سے کھیلنا بھی ان کے لیے بائیں ہاتھ کا کھیل ہو گیا تھا۔ میں نے شہاب کو اندھیرے میں تلاش کرنا چاہا مگر وہ مجھے نظر نہ آسکا۔ میں میجر صاحب کی کوٹھی پر نظریں جمائے سوچ رہا تھا کہ شہاب بھی کسی طرف کو بھاگ نکلا

ہو گا۔ کھڑکی میں سے جس شخص نے جھانک کر ہمیں للکارا تھا وہ ناظم تھا اور گولی مارنے کی دھمکی نورے نے دی تھی اور غالباً چلائی بھی اسی نے تھی۔

اچانک میں چونک گیا۔ میں نے ناظم کے منی ٹرک کی بتیاں روشن ہوتے دیکھی تھیں۔ وہ دونوں فرار ہو رہے تھے۔ چاروں طرف سناٹا تھا۔ ویسے بھی میجر صاحب کی کوٹھی کسی قدر ویرانے میں تھی۔ اس لیے اس ویرانے میں کون گولی کی آواز سن کر آتا۔ تھوڑی دیر ہی گزری تھی کہ منی ٹرک نے حرکت کی اور ایک طرف کو تیزی سے روانہ ہو گیا۔ میں دیر تک اس کی عقبی سرخ بتیاں دیکھتا رہا۔

پھر مجھے خیال آیا کہ شہاب کو تلاش کروں۔ وہ دونوں تو ٹرک میں بیٹھ کر چلے ہی گئے تھے اس لیے میں بے خوف و خطر میجر صاحب کی کوٹھی کی طرف بڑھنے لگا۔

مگر کافی دیر کی تلاش کے بعد بھی جب شہاب مجھے نہ ملا تو میری سٹی گم ہو گئی۔ میں دیوانوں کی طرح اسے تلاش کرتا

پھر رہا تھا۔ میں نے اسے آوازیں بھی دیں مگر لاحاصل۔ میرا یہ خیال میرے ذہن میں جم سا گیا تھا کہ نورے اور ناظم نے اسے کچھ کر دیا ہے۔ جب ہم وہاں سے بھاگ رہے تو تو وہ میرے ساتھ تھا مگر پھر غائب ہو گیا۔ گھبراہٹ میں میں اس کی موجودگی بھی محسوس نہ کر سکا تھا۔ ہو سکتا ہے اس نے ٹھوکر کھائی ہو اور گر پڑا ہو۔ دونوں بدمعاشوں نے اسے پکڑ کر مار دیا ہو یا پھر اپنے ہی ساتھ لے گئے ہوں۔ یہ خیالات ناگ بن کر میرے ذہن میں سرسرا رہے تھے۔ میں سخت دہشت زدہ ہو گیا تھا۔ خوفزدگی کے عالم میں میں نے نے پوری قوت سے قصبے کے تھانے کی طرف دوڑ لگا دی۔

پکڑے گئے

انسپکٹر الیاس پچاس پچپن سال کی عمر کا ایک شریف سا آدمی تھا۔ تھانے میں اس کی رات کی ڈیوٹی تھی۔ وہ اپنی میز پر پاؤں پھیلائے آرام سے کرسی میں دھنسا اونگھ رہا تھا۔ قریب ہی ایک کرسی پر ایک شکستہ حال آدمی بیٹھا انگیٹھی میں کوئلے ڈال رہا تھا۔

اندر کا یہ منظر میں نے کھڑکی میں سے جھانک کر دیکھا تھا۔ چونکہ دروازہ بند تھا اس لیے مجھے اسے دھکّا دے کر کھولنا

پڑا۔ سرد ہوا کا جھونکا اندر گیا تو دونوں چونک کر مجھے دیکھنے لگے۔ میں اندر آگیا اور دروازہ بند کر دیا۔

"کون ہو تم لڑکے؟" انسپکٹر نے سنبھل کر اپنی کرسی میں بیٹھتے ہوئے کہا۔ پھر اس کی نظریں بے اختیار دیوار پر لگی گھڑی کی طرف اٹھ گئیں۔ رات کے ساڑھے بارہ بج رہے تھے۔

"جناب۔ میں نے سردی سے کانپتے ہوئے تھوک نگل کر کہا۔ "میرے چچا زاد بھائی کو دو بد معاش یا تو پکڑ کر لے گئے ہیں یا پھر اسے قتل کر ڈالا ہے"۔ آخری جملہ کہتے کہتے میری آواز بھرّا گئی تھی۔

انسپکٹر چونک کر مجھے دیکھنے لگا۔ وہ آدمی جو یقیناً چپڑاسی تھا، گھبرا کر اٹھ کھڑا ہوا۔

"اس کرسی پر آرام سے بیٹھ جاؤ"۔ انسپکٹر نے نرمی سے کرسی کی طرف اشارہ کر کے کہا۔ میں بیٹھ گیا۔ کمرہ بے حد گرم تھا۔ میری سردی چند منٹوں میں دور ہو گئی تھی۔

"اب بتاؤ کیا بات ہے"۔ انسپکٹر نے میرے چہرے کو بغور دیکھ کر کہا۔ "اچھا ٹھہرو"۔ اس نے ہاتھ اٹھا کر کہا۔ پھر وہ چپڑاسی سے مخاطب ہوا۔ "جمعہ خان تم جا کر چائے بنا لاؤ"۔

جمعہ خان کے چہرے سے معلوم دیتا تھا کہ اسے یہ بات ناگوار گزری ہے۔ وہ اس کہانی کو سننے کا خواہش مند تھا جو میں سنانے جا رہا تھا۔ مگر پھر اسے جانا ہی پڑا۔ اس کے جانے کے بعد انسپکٹر میری طرف متوجہ ہو گیا۔ میں نے اسے تمام کہانی سنا دی کہ کس طرح میں اور شہاب شرافت بھائی کے پیچھے گئے تھے اور تھانے آتے ہوئے ہمارے ساتھ کیا واقعہ پیش آیا تھا۔

میری کہانی انسپکٹر نے بڑے تحمل سے سنی تھی۔ میں چپ ہوا تو وہ بولا۔ "سب سے پہلے تو ہمیں شہاب کی فکر کرنا چاہیئے پھر میں خیر دین اور شرافت کی خبر لوں گا۔ تم نے یہ ہی بتایا تھا نا کہ شرافت تمہارا بھائی ہے؟"

"جی جناب"۔ میں نے سر جھکا کر کہا۔ "مجھے اس بات پر شدید شرمندگی ہے کہ وہ میرے بھائی ہیں۔ یہ شرمندگی اس

لیے ہے کہ وہ اپنا فرض دیانت داری سے انجام دینے کے اہل نہیں ہیں۔ میں اور شہاب ان کی شکایت کسی بری نیت سے نہیں کرنا چاہتے تھے مگر چونکہ ہمارا مذہب ہمیں اس بات کی اجازت نہیں دیتا کہ ہم کسی کے ساتھ مکر و فریب کریں یہ ہی وجہ تھی کہ ایک اچھا انسان ہونے کے ناطے سے اس بات کو ہم نے اپنا فرض سمجھ لیا تھا کہ شرافت بھائی اور خیر دین کی اس حرکت کی اطلاع آپ کو ضرور دیں گے"۔

"میں تمہاری اس فرض شناسی کی وجہ سے بہت خوش ہوں شوکت میاں"۔ انسپکٹر الیاس بولا۔ "ایسے ہی لوگوں نے پولیس کے محکمے کو بری طرح بدنام کر کے رکھ دیا ہے"۔

اتنے میں جمعہ خان چائے کی ٹرے لے کر آگیا۔ انسپکٹر الیاس ایک کپ میری طرف بڑھا کر بولا۔ "مگر میں حیران ہوں کہ شرافت جیسے بے جگر سپاہی نے اتنی گری ہوئی بات کیسے گوارہ کر لی؟ میں نے اس کے متعلق انسپکٹر خاور سے سنا تھا کہ محراب پور میں اس نے ایک بڑے ہی خطرناک قیدی کو

گرفتار کروایا تھا"۔

"دیکھیے جناب"۔ میں نے چائے کا کپ میز پر رکھ کر کہا۔ "شرافت بھائی میٹرک میں فیل ہونے کے بعد گھر سے بھاگ کر محراب پور چلے گئے تھے۔ وہاں پر انھیں اتفاقیہ پولیس کے محکمے میں ملازمت بھی مل گئی۔ میں اور شہاب اانہیں ڈھونڈنے وہاں پہنچے کیوں کہ وہ خط تو گھر بھیجتے تھے مگر اس میں اپنا پتہ نہیں لکھتے تھے۔ امی کی شدید پریشانی کے پیش نظر میں نے اور شہاب نے انھیں تلاش کرنے کا فیصلہ کیا تھا۔ ہم محراب پور اسی رات پہنچے تھے جب وہ قیدی جیل سے فرار ہوا تھا۔ خوش قسمتی سے ہم نے اسے ایک گٹر میں چھپتے دیکھ لیا۔ جو پولیس والے اس قیدی کو تلاش کر رہے تھے ان میں شرافت بھائی بھی موجود تھے۔ ہم نے انھیں بتادیا کہ قیدی کہاں چھپا ہوا ہے۔ شرافت بھائی نے اس کارنامے کا سہرا اپنے سر باندھ لیا۔ سارا قصہ صرف اتنا ہے"۔

"ہوں"۔ انسپکٹر الیاس نے کہا اور کچھ سوچنے لگا۔

چائے ختم کر کے اس نے مجھے ساتھ لیا۔ پھر دونوں جیپ میں بیٹھ کر میجر صاحب کی کوٹھی کی طرف روانہ ہو گئے۔ تھانے میں موجود دو سپاہیوں کو وہ وہیں چھوڑ آئے تھے کیونکہ حوالات میں بند چند آدمیوں کی نگرانی انہی کے سپرد تھی۔

مگر اس مرتبہ بھی ہمیں شہاب کا کوئی سراغ نہیں مل سکا تھا۔ انسپکٹر الیاس میجر مشتاق کی کوٹھی میں داخل نہیں ہوا تھا۔ شاید وہ اندر جاتے ہوئے جھجک رہا تھا۔ یکایک جیپ میں بیٹھتے ہوئے وہ سخت طیش میں آگیا۔ "مجھے اس جگہ لے چلو جہاں خیر دین اور شرافت سو رہے ہیں"۔

میرا دل کانپ اٹھا۔ جیپ اسٹارٹ ہوئی تو میں نے اس سمت اشارہ کر دیا جس طرف وہ گھر تھا۔ ہم دو منٹ میں ہی وہاں پہنچ گئے۔ میں ڈر رہا تھا کہ شرافت بھائی کو جب پتہ چلے گا کہ میں نے ان کا بھانڈا پھوڑا ہے تو وہ غصّے سے پاگل ہو جائیں گے۔ مگر جب مجھے شہاب کی گمشدگی کا خیال آیا تو میرے تمام خوف اور اندیشے زائل ہو گئے اور مجھے شرافت بھائی اور خیر دین پر

سخت غصہ آنے لگا۔ اگر وہ دیانت داری سے پہرا دیتے تو شاید ناظم اور نورے کی چوری کرنے کی ہمت نہ پڑتی۔ یہ بات مجھے الجھا رہی تھی کہ وہ دونوں میجر صاحب کی کوٹھی میں کیا کر رہے تھے۔ نورا حالانکہ میجر صاحب کا ملازم تھا پھر اس نے ہمیں دیکھ کر گولی کیوں چلائی تھی اور ناظم کے ساتھ فرار ہو گیا تھا۔ اس کے بعد شہاب کی پراسرار گمشدگی۔ ان سب باتوں نے میرے دماغ کو بری طرح الجھا کر رکھ دیا تھا۔ بہر حال میں اتنا تو سمجھ ہی گیا تھا کہ نورے اور ناظم کے ارادے اچھے ہر گز نہ تھے۔

جیپ رکی تو میں کود کر نیچے اتر گیا۔ انسپکٹر الیاس بھی اتر چکا تھا اور سوالیہ نظروں سے میری طرف دیکھ رہا تھا۔

"جناب وہ رہا وہ گھر"۔

وہ آگے بڑھا اور دروازے پر دستک دے کر ادھر ادھر دیکھنے لگا۔ پہلی دستک کا کوئی جواب نہیں آیا تھا۔ دوسری دستک پر خیر دین کی بھرّائی ہوئی آواز آئی۔ "کون ہے بے۔ کیوں تنگ کر رہا ہے"۔

پھر اس نے اٹھ کر شاید دروازے کی طرف بڑھنے کا ارادہ ہی کیا تھا کہ شرافت بھائی کی بھیک مانگتی آواز میرے کانوں میں آئی۔ "خ۔۔۔۔۔۔۔۔خ۔۔۔۔۔۔۔۔خیر دین بھیا۔ اتنی رات کو کون آیا ہے؟"

"ابے تو چپ کر کے سو جا۔ تیری کیوں جان نکلی جا رہی ہے۔ میں دیکھ لیتا ہوں جا کر"۔

وہ بڑبڑاتا ہوا دروازے کی طرف آیا اور اندر سے ہی تیز آواز میں بولا۔ "ابے تو ہے کون بولتا کیوں نہیں ہے"۔

"خیر دین یہ میں ہوں"۔ انسپکٹر الیاس نے غصے سے ہونٹ چباتے ہوئے کہا۔

"ارے باپ رے"۔ اندر سے خیر دین کی آواز آئی۔ "انسپکٹر صاحب! مارے گئے"۔

پھر فوراً ہی دروازہ کھل گیا۔ خیر دین دروازے کے قریب کھڑا تھر تھر کانپ رہا تھا۔ انسپکٹر الیاس اسے گھورنے لگا۔ اس کی نظروں کی تاب نہ لاتے ہوئے خیر دین گھگھیاتے

ہوئے اس کے قدموں میں گر پڑا۔

"انسپکٹر صاحب۔ انسپکٹر صاحب"۔ اس کے منہ سے بس یہ ہی کچھ نکل رہا تھا۔ انسپکٹر الیاس اسے ایک طرف ہٹا کر اندر گیا۔ میں یہ سوچ رہا تھا کہ شرافت بھائی کی حالت خیر دین سے زیادہ بری ہوگی۔ وہ تو انسپکٹر الیاس کو دیکھ کر دھاریں مار مار کر رونے لگیں گے مگر جب چند لمحوں بعد انسپکٹر الیاس واپس آیا تو شرافت بھائی اس کے ساتھ نہ تھے۔

"کیا شرافت بھائی بے ہوش پڑے ہیں؟" میرے منہ سے بے ساختہ نکلا۔

"نہیں"۔ انسپکٹر الیاس نے کہا۔ شرافت دیوار پھاند کر فرار ہو چکا ہے۔

چور

صبح کے چار بج رہے تھے۔ میں اپنے کمرے میں اپنے بستر پر بیٹھا شرافت بھائی کو دیکھ رہا تھا جو کرسی پر بڑی مسکین سی شکل بنائے بیٹھے تھے۔

انسپکٹر الیاس سے رخصت ہو کر میں سیدھا گھر آگیا تھا۔ اس نے مجھے یہ کہہ کر تسلی دے دی تھی کہ وہ اس معاملے کی خود تحقیقات کرے گا۔ شہاب کی بازیابی کے لیے نورے اور ناظم سے پوچھ گچھ کرے گا۔ اس نے یہ بھی کہا تھا کہ ہمیں میجر

صاحب کی کوٹھی میں جانے کی حماقت نہیں کرنا چاہیے تھی۔ یہ ممکن تھا کہ میجر صاحب نورے کو کوٹھی پر چھوڑ گئے ہوں اور چونکہ ناظم اس کا دوست تھا اس لیے وہ بھی اس کے پاس آ گیا ہو۔

مگر میرے دل کو ان کی یہ بات نہیں لگ رہی تھی۔ اگر اس کی یہ بات درست ہوتی تو نورا اور ناظم بد حواسی کے عالم میں کوٹھی کو کھلا چھوڑ کر فرار نہیں ہو سکتے تھے۔ بہر حال میں گھر چلا آیا تھا۔

شرافت بھائی مجھے گھر پر ہی ملے تھے۔ چونکہ میں چھپ کر گھر میں داخل ہوا تھا اس لیے کسی کو بھی پتہ نہ چل سکا کہ میں باہر گیا ہوا تھا۔ میں چپ چاپ اپنے کمرے میں آ کر بیٹھ گیا تھا کہ شرافت بھائی نے میرے کمرے کا دروازہ کھٹکھٹایا۔ میں نے دروازہ کھولا تو وہ اندر آ گئے۔ پھر انہوں نے مجھے سچ سچ سب کچھ بتا دیا کہ وہ اور خیر دین پہرہ دینے کے بجائے سو گئے تھے اور انسپکٹر الیاس وہاں آ گیا تھا۔

ان کی پوری بات سن کر میں نے کہا۔ ”شرافت بھائی۔ میں سب کچھ جانتا ہوں۔ کیونکہ میں نے ہی انسپکٹر الیاس کو آپ کے ٹھکانے کے متعلق بتایا تھا“۔

میری بات سن کر شرافت بھائی اچھل پڑے۔ ان کے چہرے پر عجیب عجیب سے تاثرات نظر آنے لگے تھے۔

”شوکت“۔ بلآخر انہوں نے بھرائی ہوئی آواز میں کہا۔ ”تو نے میری لاکھ کی ساکھ خاک میں ملادی ہے۔ تیری وجہ سے مجھے بہت ذلیل ہونا پڑا ہے۔ میں نے جب انسپکٹر الیاس کی آواز سنی تھی تو جوتے چھوڑ کر بھاگ کھڑا ہوا تھا۔ اب تو کیوں میرے پیچھے پڑ گیا ہے؟“

”میں کسی کو بھی اس بات کی اجازت نہیں دے سکتا کہ وہ قصبے والوں کی جان اور مال کے ساتھ کھیلے۔ آپ کی یہ ڈیوٹی تھی کہ آپ جاگ کر قصبے کا پہرا دیں۔ آپ کو اپنی حرکت پر شرم آنا چاہیے۔ ایک زندہ قوم کے کسی فرد کو یہ بات زیب نہیں دیتی کہ وہ عیاری اور مکّاری سے اپنا الو سیدھا

اکرے"۔

شرافت بھائی نے شرمندہ ہو کر سر جھکا لیا۔

اس کے بعد میں نے انھیں اس واقعہ کے متعلق بھی بتا دیا جس کے نتیجے میں شہاب غائب ہو گیا تھا۔ "مجھے نہیں پتہ کہ شہاب زندہ ہے یا مر گیا ہے"۔ میں نے ان الفاظ پر اپنی بات ختم کرتے ہوئے کہا۔ "مگر یہ سب کچھ آپ کی اور خیر دین کی غفلت کی وجہ سے ہوا ہے۔ اگر ناظم اور نورے کو اس بات کا احساس ہوتا کہ قصبے میں پولیس کا پہرا ہے تو وہ کبھی اس طرح کی جرأت نہ کرتے۔ اگر شہاب کو کچھ ہو گیا تو میں آپ کو اور خیر دین کو کبھی معاف نہیں کروں گا"۔

امی جو شرافت بھائی کی آمد پر دروازہ کھولنے کے لیے اٹھی تھیں دوبارہ سو چکی تھیں۔ ہم دونوں بھائی کمرے میں بیٹھے اپنی اپنی سوچوں میں غرق تھے۔ اسی طرح بہت سا وقت گزر گیا تھا۔ اچانک شرافت بھائی نے کرسی پر پہلو بدل کر کہا۔ "شوکت مجھے احساس ہے کہ میں بری طرح پھنس گیا ہوں"۔

"جی ہاں"۔ میں نے تلخی سے کہا۔ "انسپکٹر الیاس سخت غصّے میں تھا۔ کہہ رہا تھا کہ آپ دونوں معطل کر دیے جائیں گے"۔

"میں بھی یہ ہی چاہتا ہوں"۔ شرافت بھائی نے کہا۔ "یہ نوکری میرے بس کی تھی بھی نہیں۔ شوکت میں نے فیصلہ کر لیا ہے کہ اب اپنی تمام حرکتوں سے توبہ کر کے نئے سرے سے پڑھنا شروع کروں گا۔ پڑھنا لکھنا اور اپنے ماں باپ کی اطاعت کرنا بہت اچھا کام ہے۔ اب میں یہ ہی کروں گا"۔

"مگر شہاب کا کیا ہو گا؟" میں نے جھلّا کر کہا۔

"اپنی غلطیوں کی تلافی میں اسے ڈھونڈ کر کروں گے۔ میں اسے تلاش کر کے ہی دم لوں گا"۔ شرافت بھائی نے بڑے ہی مضبوط لہجے میں کہا اور کھڑے ہو گئے۔ "اسے ڈھونڈنے کے لیے اگر مجھے سات سمندر بھی پار کرنا پڑے تو میں دریغ نہیں کروں گا"۔

اچانک میرے کمرے کی کھڑکی پر ہلکی سی دستک

ہوئی۔ میں اور شرافت بھائی چونک کر کھڑکی کی سمت دیکھنے لگے۔ میں شاید کھڑکی کی چٹخنی چڑھانا بھول گیا تھا۔ اس پر باہر سے کسی نے دباؤ ڈالا تو اس کا ایک پٹ کھل گیا۔ باہر تاریکی تھی۔ سرد ہوا کا ایک جھونکا ہمارے جسموں میں کپکپی دوڑا گیا۔

شرافت بھائی کا چہرہ تو باہر سے دی جانے والی دستک پر ہی دھواں ہو گیا تھا۔ اس کا پٹ کھلا تو رہے سہے اوسان بھی خطا ہو گئے۔ انہوں نے مجھے ایک زور دار دھکّا دیا اور خود چور چور کہہ کر دروازے کی طرف دوڑے۔ دھکّا اتنی زور سے دیا گیا تھا کہ میں اپنے بستر جا کر پڑا۔ اچانک ایک زور دار دھماکے نے میری توجہ اپنی طرف مبذول کروالی۔ میں نے سنبھل کر دیکھا تو شرافت بھائی کمرے کے فرش پر چاروں شانے چت پڑے تھے۔ ان کے ہاتھ پاؤں اکڑ گئے تھے اور آنکھیں چھت کی جانب مرکوز تھیں۔ ہوا یہ تھا کہ جب وہ مجھے دھکیل کر دروازے کی طرف بھاگے تو گھبراہٹ میں یہ نہ دیکھ سکے کہ دروازہ بند ہے۔ لہذا وہ اس سے پورے زور سے ٹکرا گئے تھے۔

وہ دھماکہ اس ٹکراؤ کا نتیجہ تھا۔ میں ان کی طرف سے مطمئن ہو کر کھڑکی کی طرف گھوما تو خوشی اور مسرت کی ایک لہر نے مجھے اپنی لپیٹ میں لے لیا۔ میرے سامنے شہاب کھڑا تھا۔

شہاب کا کارنامہ

"شہاب تم!"۔ میں نے جیسے سرگوشی کی۔ پھر میں دوڑ کر اس سے لپٹ گیا۔ شہاب پلکیں جھپکا جھپکا کر شرافت بھائی کو دیکھ رہا تھا۔

"انہیں کیا ہو گیا ہے؟" شہاب نے حیرت سے پوچھا۔

"یہ سمجھ رہے تھے کہ کوئی چور آگیا ہے"۔ میں نے بتایا۔

"کھڑکی کے راستے تو میں اس لیے آیا تھا کہ تائی امی کو

میری آمد کا پتہ نہ چلے۔ وہ پریشان ہو جاتیں"۔ شہاب نے وضاحت کی۔

میں شرافت بھائی کے پاس پہنچا۔ "شرافت بھائی بے خوف و خطر ہو جایئے۔ یہاں پر کوئی چور نہیں ہے"۔

شرافت بھائی جھٹ اٹھ بیٹھے۔ پیشانی جو دروازے سے لگی تھی اسے سہلا کر بولے۔ "اوہ شہاب یہ تم تھے۔ میں تو یہ سمجھ رہا تھا کہ کوئی چور ہے۔ میں نے سوچا تھا کہ باہر جا کر کسی ترکیب سے کھڑکی کے چھجے پر جا کر چور کو پکڑ لوں گا مگر بد قسمتی سے دروازہ بند تھا۔ میں اس سے ٹکرا گیا"۔

"چلیے یہ بھی اچھا ہوا ورنہ باہر جانے سے آپ کو ٹھنڈ بھی ہو سکتی تھی"۔ شہاب نے مسکرا کر کہا۔

"یار تم غائب کہاں ہو گئے تھے۔ میں تو پریشان ہو گیا تھا"۔ میں نے شکایتی انداز میں کہا۔

"تمہیں یہ سن کر خوشی ہو گی کہ نورے اور ناظم کو شاداب نگر کی پولیس نے گرفتار کر لیا ہے"۔

"ارے!" میرے منہ سے نکلا۔

"جب نورے نے تم پر گولی چلائی تھی تو میں اس طرف بھاگ نکلا تھا جہاں ناظم کا منی ٹرک کھڑا تھا۔ تھوڑی دیر میں وہ دونوں بڑی عجلت میں بھاگے آئے اور ٹرک میں بیٹھ کر چل دیے۔ جب ناظم نے اسے اسٹارٹ کیا تھا تو میں چپکے سے اس کے پچھلے حصّے میں جا چھپا تھا"۔

"اوہ!" میں نے ہونٹ سکوڑے۔ "مگر وہ لوگ وہاں کیا کر رہے تھے؟"

"کر نہیں رہے تھے بلکہ کر چکے تھے"۔ شہاب بولا۔ "انہوں نے میجر صاحب کے نوادرات کے اس قیمتی ذخیرے پر ہاتھ صاف کر دیا تھا جس کو انہوں نے لاکھوں روپے خرچ کر کے جمع کیا تھا"۔

"تو کیا میجر صاحب نورے کو کوٹھی کی نگرانی پر مامور کر گئے تھے؟"

"نہیں۔ وہ اسے اور یاسین کو اپنے ساتھ ہی لے گئے

تھے۔ ان کو ساتھ لے جانا اس لیے بھی ضروری تھا کہ شادی والے گھر میں سو طرح کے کام ہوتے ہیں ان کو نمٹانے کے لیے آدمیوں کی ضرورت پڑ جاتی ہے۔ میجر صاحب کے اس لڑکے کی شادی میں کافی دھوم دھام تھی اور آج رات ان کی شاداب نگر والی کوٹھی میں فنکشن بھی ہو رہا تھا۔ وہاں پر بہت سارے لوگ جمع تھے۔ کوئی کسی کی طرف متوجہ نہ تھا۔ سب کی نظریں اسٹیج پر موجود فنکاروں کی طرف لگی ہوئی تھیں۔ نورے نے یہ موقع غنیمت جانا اور ناظم کے ساتھ قصبے میں آ گیا۔ یہاں ان کا صرف اتنا کام تھا کہ میجر صاحب کی چیزوں پر ہاتھ صاف کر کے اپنی راہ لیں۔ وہ یہ ہی کرتے کہ ہم بیچ میں مداخلت کر بیٹھے"۔

"نورے پر تو ذرا سا بھی حرف نہیں آتا کہ اس کا اس چوری میں ہاتھ ہے"۔ میں نے کہا۔ "سب یہ ہی سمجھتے کہ وہ فنکشن میں موجود رہا ہو گا"۔

"جی ہاں"۔ شہاب بولا۔ "شاداب نگر سے ہمارے

قصبے کا صرف پندرہ میل کا فاصلہ ہے۔ اس نے ناظم کو اپنے ساتھ اس لیے بھی شامل کیا تھا کہ اس کے پاس اس کا ذاتی ٹرک تھا۔ نورے کو سواری حاصل کرنے کی بھی دشواری نہ ہوتی۔ اس تمام کاروائی میں انہیں تقریباً پچاس منٹ لگے تھے۔ ناظم اسے شاداب نگر سے لے کر قصبے آیا۔ یہاں انہوں نے دس منٹ کے اندر اندر اپنی کاروائی مکمل کرلی۔ انہوں نے ہمیں ڈھونڈنے میں اس لیے بھی وقت ضائع نہیں کیا کہ اس طرح انھیں واپس شاداب نگر پہنچنے میں دیر ہو جاتی۔ اگر شاداب نگر میں نورے کی غیر حاضری محسوس کرلی جاتی تو ان کا کام بگڑ بھی سکتا تھا"۔

"وہ لوگ ہمیں کیا سمجھے تھے؟" میں نے پوچھا۔

"انہوں نے صرف تمہیں دیکھا تھا"۔ شہاب نے جواباً کہا۔ میں لان میں لگے ہوئے پیڑوں کے پاس تھا اس لیے ان دونوں میں سے کسی کو بھی نظر نہیں آسکا تھا۔ پھر نورے کی دھاڑ سن کر تو میں اور بھی محتاط ہو گیا تھا۔ ویسے بھی ان کی توجہ

تمھاری طرف تھی۔ مجھ پر ان کی نظر نہ پڑ سکی۔ جب میں ٹرک کے پچھلے حصّے میں بیٹھا تھا تو وہ اس واقعہ پر رائے زنی کر رہے تھے۔ انہوں نے اس طرف زیادہ توجہ نہیں دی تھی کیونکہ دونوں کا ہی یہ خیال تھا کہ تم کوئی چور اچکے ہو گے"۔

"اچھا!" میں نے نتھنے پھڑ پھڑا کر کہا۔ "اگر گولی میرے سر میں لگ جاتی تو پھر میں انھیں بتاتا کہ میں کیا ہوں"۔ شہاب ہنس پڑا۔ "ہنسو نہیں آگے کہو"۔ میں نے کہا۔

"ناظم بہت تیز رفتاری سے ٹرک چلا رہا تھا۔ یہ تو میں کہوں گا کہ وہ بہت ماہر ڈرائیور ہے۔ اس نے تقریباً پندرہ منٹ کے بعد ہی ہمیں شاداب نگر پہنچا دیا تھا۔ چونکہ میں پیچھے بیٹھا ان کی ساری گفتگو لفظ بہ لفظ سن رہا تھا اس وجہ سے مجھے یہ پتہ چل گیا تھا کے وہ نورے کو کہاں اتارے گا۔ ایک جگہ ٹرک کی رفتار کم ہوئی تو میں جھٹ اس سے کود پڑا اور ایک جگہ چھپ گیا۔ تھوڑی دور جا کر منی ٹرک رک گیا اور نورا اس میں سے اتر گیا۔ پھر وہ تیزی سے ایک طرف کو روانہ ہو گیا۔ میں بھی بڑی

احتیاط سے اس کا تعاقب کرنے لگا۔ یونہی اس کے پیچھے پیچھے لگا میں میجر صاحب کے لڑکے کی کوٹھی پر پہنچ گیا جہاں پر شادی کی تقریب تھی۔ وہاں پر سردی کے باوجود کافی لوگ جمع تھے۔ حالانکہ وہاں پر کافی کرسیاں تھیں مگر لوگ اتنے زیادہ تھے کہ انھیں کھڑا ہونا پڑ گیا تھا۔ نورا بڑی خاموشی سے اس بھیڑ میں مدغم ہو گیا"۔

"اور چوری کا مال کہاں گیا؟" شرافت بھائی نے بڑی سنجیدگی سے پوچھا۔

"اسے ناظم اپنے ساتھ ہی لے گیا تھا"۔ شہاب نے شرافت بھائی کو دیکھ کر کہا۔ پھر وہ مجھ سے مخاطب ہوا۔

"فنکشن بڑا دلچسپ تھا۔ میرا دل تو چاہ رہا تھا کہ میں بھی وہیں جم کر بیٹھ جاؤں مگر پھر میں نے وقت ضائع کرنا مناسب نہ سمجھا۔ ویسے بھی مجھے نورے کی نظروں سے بچنا تھا کیونکہ اگر وہ مجھے وہاں دیکھ لیتا تو بدک جاتا کہ اس کے قصبے کا لڑکا یہاں کیسے۔ لہذا میں نے بڑی احتیاط سے میجر صاحب کو تلاش کر کے انھیں

پوری کہانی سنادی۔ یہ تمام باتیں سن کر وہ سکتے کی سی کیفیت میں آ گئے تھے۔ کہنے لگے۔ "مگر یہ کیسے ہو سکتا ہے۔ میں اپنی ان تمام اشیاء کو ایک محفوظ سی جگہ پر رکھ کر آیا تھا"۔

اس پر میں نے انھیں وہ باتیں بھی سنائیں جو ناظم اور نورا آپس میں کر رہے تھے۔ نورے کی نظریں کافی عرصے سے ان کی ان قیمتی چیزوں پر لگی ہوئی تھیں جن میں بیش قیمت ہیرے جواہرات بھی موجود تھے۔ ویسے بھی میں نورے کو اچھی طرح جانتا تھا۔ اور میں ہی کیا ساری دنیا ہی جانتی تھی کہ وہ کس قماش کا آدمی ہے۔ میجر صاحب نے اسے ترس کھا کر اپنے گھر ملازم رکھا تھا۔

میری باتیں سن کر میجر صاحب غصہ میں آگ بگولہ ہو گئے۔ انہوں نے فوراً شاداب نگر کے پولیس اسٹیشن فون کر کے وہاں پر موجود انسپکٹر کو اس واقعہ سے آگاہ کیا اور فوری طور پر وہاں آنے کا کہا۔ میجر صاحب کافی مشہور اور با اثر آدمی ہیں۔ ان کا فون ملتے ہی پولیس کی جیپ وہاں پہنچ گئی اور چشم زدن میں

نورے کو گرفتار کرلیا گیا۔ وہ حیران تو بہت ہو رہا تھا اور واویلا مچا رہا تھا کہ وہ بے قصور ہے مگر جب میرا اس سے سامنا ہوا تو میں نے قصبے میں ہونے والے اس واقعہ کا حوالہ دے کر اسے چپ کر دیا۔ اس کے سامنے اس کے سوا کوئی چارہ بھی نہیں تھا کہ اپنا جرم مان لے۔ اسے حوالات میں بند کر کے وہ ہی پولیس پارٹی کچھ دیر قبل ہمارے قصبے میں بھی آئی تھی۔ اس نے ناظم کو بھی گرفتار کرلیا ہے اور مسروقہ مال بھی اس کے گھر سے برامد کرلیا ہے"۔

"میجر صاحب کہاں ہیں؟" میں نے پوچھا۔

"وہ اپنے بڑے لڑکے کے ساتھ یہیں آگئے ہیں۔ دوبارہ اپنی چیزیں پا کر وہ بے حد خوش ہیں۔ بار بار میرا اور تمہارا شکریہ ادا کر رہے تھے۔ انھیں تم سے بھی ملنے کا بے حد اشتیاق ہو رہا ہے۔ انہوں نے کہا ہے کہ میں کل دس بجے ان کی کوٹھی پر تمہیں لے کر ضرور آؤں"۔

"مگر میں نے کیا کیا ہے؟" میں نے حیرت سے پوچھا۔

"ارے بھئی سارا کام ہی تمہارا تھا۔ اگر نورے اور ناظم کی توجہ تمہاری طرف نہ ہو جاتی تو میں کس طرح ان کے ٹرک میں بیٹھ کر ان کے ساتھ جاتا"۔

میں خاموش ہو گیا۔ بعد میں میں نے شہاب کو شرافت بھائی کے متعلق بھی تفصیل سے سب کچھ بتا دیا تھا۔

اگلے روز حسب وعدہ شہاب مجھے میجر مشتاق سے ملوانے لے گیا۔ مگر وہاں تو نقشہ ہی دوسرا تھا۔ بہت سارے لوگ جمع تھے۔ ایسا معلوم دے رہا تھا کہ جیسے وہاں کوئی تقریب ہو رہی ہو۔ یہ سب میجر صاحب کے دوست تھے۔

ہمیں دیکھ کر میجر صاحب نے کھڑے ہو کر ہمارا استقبال کیا۔ وہاں پر چند اخباری رپورٹر بھی تھے۔ انہوں نے ہماری تصویریں اتاریں۔ پھر میجر صاحب نے کل رات کا واقعہ مختصراً اپنے سب دوستوں کو سنایا۔ سب نے ہم لوگوں کی بہت تعریف کی۔

میں بہت شرمندہ ہو رہا تھا کہ میں نے تو کچھ بھی نہیں

کیا تھا۔ سارا کارنامہ تو شہاب کے سر جاتا تھا۔ یہ شہاب کا بڑا پن تھا کہ اس نے اس کامیابی میں مجھے بھی پیش پیش رکھا۔ اچھے دوستوں کی یہ ہی پہچان ہوتی ہے۔ پھر اخباری رپورٹروں نے اس کیس سے متعلق ہم سے مختلف سوالات بھی کیے۔

اس تقریب کا اختتام دس ہزار روپے کے ایک چیک پر ہوا تھا جو میجر صاحب نے ہم دونوں کو انعام میں دیا تھا۔ اس روز ہم بہت خوش تھے۔ ہمیں اپنی اہمیت کا احساس ہو رہا تھا۔

گھر آ کر ہم نے جب امی کو کل رات کے واقعہ کے متعلق بتایا تو انہوں نے دانتوں تلے انگلیاں داب لیں۔ پھر جب انھیں یہ پتہ چلا کہ میجر صاحب نے خوش ہو کر ہمیں دس ہزار روپے انعام میں دیے ہیں تو وہ یہ خوشخبری شہاب کی امی کو سنانے چلی گئیں۔

میں نے اور شہاب نے امی کے جانے کے بعد شرافت بھائی کے کمرے کا رخ کیا۔ وہ منہ بسورے بیٹھے ہوئے تھے۔

پوچھنے پر پتہ چلا کہ انھیں نوکری سے برطرف کر دیا گیا ہے۔

آپ فکرمند کیوں ہو رہے ہیں"۔ میں نے ہمدردی سے کہا۔ "اچھا ہی ہوا جو آپ کا اس نوکری سے چھٹکارہ ہو گیا ہے"۔

"نوکری چھوٹنے کا کس کو غم ہے"۔ شرافت بھائی کراہ کر بولے۔ "میں تو اس لیے اداس ہو رہا ہوں کہ اب مجھے پھر سے پڑھنا پڑے گا"۔

ہم دونوں خاموشی سے وہاں سے چلے آئے۔ شام تک ہمارے اس کارنامے کی دھوم پورے قصبے میں مچ گئی تھی۔ میری اور شہاب کی امیوں کو عورتیں مبارکباد دینے آ رہی تھیں۔ ہمارے دوست بھی بہت خوش تھے۔ خوشی کے مارے ہماری بھوک بھی ختم ہو چکی تھی اور رات بھی سوتے جاگتے گزری۔ ہمیں سب سے زیادہ خوشی اس بات کی تھی کہ ہماری یہ کہانی ہماری تصویروں کے ساتھ اخبارات کی زینت بنے گی۔

اگلے روز ہم صبح جلدی اٹھ گئے تھے۔ ہمارے قصبے

کے بکسٹال پر اخبارات نو بجے تک آتے ہیں۔ اس وقت پونے نو ہوئے ہیں اور میں اور شہاب سائیکل پر سوار ہو کر قصبے کے بکسٹال کی طرف جا رہے ہیں۔ آپ لوگ دعا کیجیے کہ ہمیں اخبارات حاصل کرنے کے لیے زیادہ انتظار نہ کرنا پڑے۔

_____ ختم شد _____

پولیس والا (بچوں کا ناول)   مختار احمد

پریوں کے دیس سے منتخب کہانیوں کا مجموعہ

پریوں کی کہانیاں

مصنف : اشرف صبوحی

بین الاقوامی ایڈیشن منظر عام پر آچکا ہے